loqueleo

EL SEÑOR DEL CERO
D. R. © del texto: María Isabel Molina, 1996
D. R. © de las ilustraciones: Francisco Solé, 1994
Primera edición: 2013

D. R. © Editorial Santillana, S. A. de C. V., 2016
        Av. Río Mixcoac 274, piso 4
        Col. Acacias, México, D. F., 03240

Esta edición: Publicada bajo acuerdo
con Grupo Santillana en 2019 por
Vista Higher Learning, Inc.
500 Boylston Street, Suite 620.
Boston, MA 02116-3736
www.vistahigherlearning.com

ISBN: 978-607-01-3111-0

Published in the United States of America.
1 2 3 4 5 6 7 8 9 GP 24 23 22 21 20 19

www.loqueleo.santillana.com

El Señor del Cero

María Isabel Molina

Ilustraciones de Francisco Solé

loqueleo

Introducción

En el siglo IV después de J. C., en una de esas afortunadas coincidencias de pensamiento con que nos sorprende tantas veces la historia, los sabios de dos pueblos muy alejados entre sí, los mayas y los hindúes, inventan un signo para el concepto del vacío, de la nada: el cero. Los árabes, que llegaron en sus conquistas a la India en el siglo VIII, lo aprendieron de los hindúes, junto con sus números, y lo adoptaron a su alfabeto combinando el rigor y los conocimientos de los grandes matemáticos griegos con la facilidad de cálculo del sistema hindú. Así se convirtieron en los creadores de las matemáticas, tal como han llegado a nosotros; las divulgaron por todo el ámbito de su imperio y, a través de Córdoba, se conocieron en los monasterios cristianos y después en Europa, aunque no se aceptaron.

El gran poder cultural del Califato de Córdoba durante los siglos IX y X no se ha estudiado apenas y casi siempre se ha comprendido mal. La ciudad de Córdoba, convertida en capital y embellecida con jardines y fuentes, tuvo una población de 500 000 habitantes, mientras las grandes ciudades de Europa no alcanzaban ni la décima parte. La tolerancia de los musulmanes, que dejaban practicar su culto tanto a los judíos como a los cristianos, atrajo a los sabios de todo el mundo y produjo una gran expansión cultural, amparada por la gran biblioteca de la ciudad y los centros de estudio de todas las ciudades del Califato. En ellos, hasta los muchachos sin dinero podían estudiar porque el califa destinaba la cuarta parte de sus ingresos personales a limosnas para los pobres y becas para los estudiantes inteligentes y sin recursos.

El Señor del Cero es la historia de un mozárabe (un cristiano que siguió viviendo en las tierras dominadas por los árabes sin renunciar a su religión), buen matemático, que recorre el camino que seguía la ciencia y la cultura que llegaba a Europa: de Córdoba a los monasterios del Norte, castellanos y leoneses, navarros y catalanes. En sus bibliotecas atesoraron, junto con las copias de la Biblia y los escritos de los Santos Padres, la valiosa cultura árabe, sus traducciones de los antiguos sabios griegos y latinos y sus libros de medicina y matemáticas. Desde allí se transmitieron a una Europa de pueblos todavía semibárbaros y que, en muchos lugares, adoraban a los dioses germánicos, y todavía no estaban muy preparados para comprenderla.

I. Córdoba: Escuela del Califa

Año 355 de la Hégira[*]
(Primavera del 966 para los cristianos)

La habitación destinada a clase era cuadrada, grande y estaba encalada. Un par de ventanas estrechas y veladas con celosías comunicaban con la calle. En el centro de la sala, el techo se elevaba en una cúpula rodeada de ventanas que formaban una gran linterna y por las que siempre pasaba el sol que iluminaba toda la sala. Por un lateral, se abría sin puertas a un patio grande, bañado por el sol con dos naranjos y dos limoneros algo escuálidos y una fuente que borboteaba en el centro.

El suelo era de barro rojo y los muchachos se sentaban en hileras, con las tablillas ante ellos; eran ya adolescentes y atendían silenciosos al maestro, que llevaba un turbante oscuro como signo de su categoría y paseaba entre las filas de los chicos, mientras dictaba.

—Tomad notas si lo necesitáis. En cuanto alguno tenga la solución, que levante una mano. Tendrá un punto extra

---

[*] Las palabras con asterisco figuran por orden alfabético al final del libro.

para la nota final. Por supuesto, sólo cuentan las soluciones exactas.

Empezó a recitar:

Un ladrón, un cesto de naranjas
del mercado robó,
y por entre los huertos escapó;
al saltar una valla,
la mitad más media perdió;
perseguido por un perro,
la mitad menos media abandonó;
tropezó en una cuerda,
la mitad más media desparramó;
en su guarida, dos docenas guardó.
Vosotros, los que buscáis la sabiduría,
decidnos:
¿cuántas naranjas robó el ladrón?

Los muchachos agacharon la cabeza sobre sus tablillas; muy pronto, un chico moreno, de pelo rizado, levantó la mano.

El maestro preguntó:

—José, ¿cuál es el resultado?

—Ciento noventa y cinco naranjas, señor.

—Está bien. Los demás, guardad el problema para resolverlo en casa. Ya conocéis la solución.

Hubo un murmullo entre los otros chicos. Entre las hileras de estudiantes se escuchó un nombre:

—¡Otra vez ha sido *Sidi Sifr!**

—¡Silencio! Debéis recordar que sólo los mejores alumnos pueden concursar al premio del Califa. Y los que terminan los estudios de las cuatro ciencias* con el premio del Califa, ¡Alá guarde su vida!, le servirán en la secretaría de palacio.

Contempló las caras, atentas, levantadas hacia él. Él también deseaba que uno de sus alumnos obtuviese el premio del Califa. Era un honor para cualquier maestro. Y allí, en la cuarta fila del centro, estaba José, aquel chico cristiano, alto y delgado, que parecía jugar con los números. ¡Iba a ser un buen matemático! Al maestro le recordaba a sí mismo cuando era joven. Claro que José era cristiano y eso era un obstáculo. También estaba Alí *Ben** Solomon, buen estudiante y muy ambicioso, y su padre era uno de los comerciantes más ricos de la ciudad. ¡Mucho tendría que esforzarse José para que los examinadores olvidasen su religión! Aunque era el mejor, sin duda. Dentro de unos años dominaría todo el cálculo mucho mejor que algunos maestros.

El murmullo de la clase le sacó de sus pensamientos. Ordenó:

—¡Tomad nota de otro problema!

Comenzó a dictar:

Un collar se rompió* mientras jugaban
dos enamorados,

y una hilera de perlas se escapó.
La sexta parte al suelo cayó,
la quinta parte en la cama quedó,
y un tercio la joven recogió.
La décima parte el enamorado encontró
y con seis perlas el cordón se quedó.
Vosotros, los que buscáis la sabiduría,
decidme cuántas perlas tenía
el collar de los enamorados.

En la clase se hizo el silencio; se escuchaban los leves crujidos de las vigas y los lejanos rumores de los mercaderes que recogían sus mercancías en las tiendas.

En esta ocasión la mano de Alí se alzó primero:

—Son treinta y cinco perlas, señor.

—No es el resultado exacto. No por mucho apresurarse se consiguen mejores resultados.

La mano de José ya se alzaba en el aire.

—Treinta perlas, señor.

—Exacto. Los que no lo hayan resuelto, que lo terminen en casa.

La voz del *muezzin* que llamaba a oración desde la mezquita se coló por todas las ventanas de la sala. El maestro dio una palmada y los muchachos se levantaron; del arcón que había al fondo de la sala sacaron sus pequeñas alfombras de plegaria disponiéndose para la oración. José y otros cinco muchachos se dirigieron a un rincón y se

quedaron de pie. No todos ellos eran cristianos; dos eran judíos, pero todos estaban dispensados de la oración.

El muezzin gritaba:

—¡Dios es el más grande! ¡Creo que no existe ningún Dios aparte de Alá! ¡Creo que Mahoma es el profeta de Alá! ¡Acudid a la oración! ¡Acudid con diligencia!

El maestro, de rodillas también en su alfombra, comenzó la oración:

—¡En el nombre de Alá, el Benefactor, el Misericordioso! Todas las alabanzas le corresponden a Alá, Señor de los Mundos, el Creador, el Misericordioso, el Soberano en el día del Juicio Final. Únicamente a ti, Señor, servimos y únicamente a ti acudimos en petición de ayuda.

Los muchachos contestaron a coro:

—¡Dios es grande! ¡Gloria a mi Señor, el Todopoderoso! ¡Gloria a mi Señor, el Altísimo!

José dejó de atender a las voces de los que rezaban. Estaba ordenado que asistiesen a la oración en un respetuoso silencio, pero nadie le ordenaba que atendiese. No se le había escapado la mirada irritada de Alí cuando rectificó su error en el problema. José no quería enemistades entre sus compañeros de clase y la mayor parte de las veces lo conseguía a costa de ayudar a unos y a otros; pero siempre tropezaba con los que se molestaban ante su facilidad con los cálculos; entonces procuraba no hacer caso.

La oración terminó y los muchachos recogieron sus alfombras de plegaria y las guardaron junto con los otros objetos de clase. Saludaron al maestro y salieron de la sala.

José y los otros muchachos no musulmanes salieron primero. Cuando llegaban junto a la fuente, Alí Ben Solomon gritó:

—¡Espera, Sidi Sifr!

José esperó, algo molesto porque le llamase a gritos por el apodo que le habían adjudicado sus compañeros.

—¿Qué quieres?

Alí estaba sofocado como si hubiese corrido mucho.

—Escucha, asqueroso cristiano: si crees que voy a consentir que un cerdo como tú me quite el premio del Califa, estás muy equivocado. Ni mi padre ni yo estamos dispuestos a consentirlo.

—¿Y qué pinta tu padre en esto, Alí? —interrumpió uno de los chicos judíos—. Lo que tienes que hacer es calcular mejor y más deprisa.

—El premio del Califa es para buenos creyentes, no para perros como vosotros.

Uno de los chicos musulmanes se acercó al grupo a tiempo de escuchar la última frase.

—El premio del Califa es para el mejor estudiante, la religión no tiene nada que ver en esto..., y el dinero de los padres, tampoco. ¿O me vas a decir a mí otra cosa?

El rostro de Alí enrojeció aún más.

—No, Mohamed; pero estarás de acuerdo conmigo en que no hay derecho a que un buen creyente tenga que soportar...

—No hay derecho a que un buen creyente tenga que soportar personas tan mezquinas como tú, Alí —interrumpió el llamado Mohamed, que era hijo de un funcionario del gobierno de la ciudad y todos los chicos lo sabían.

Dio media vuelta y se alejó. Alí aguardó a que Mohamed estuviese lejos y no pudiese oírle y entonces, en un tono bajo y rabioso, dijo:

—¡Me da igual lo que diga Mohamed! ¡No siempre estará para defenderte, perro! ¡Te juro que no consentiré que nadie me arrebate el premio del Califa! ¡Estás avisado, Sidi Sifr!

II. Córdoba: Corte del Señor de los Creyentes

Año 355 de la Hégira
(Julio del 966 para los cristianos)

La ceremonia comenzaba en las murallas. Desde la puerta de la ciudad hasta Medina Azhara el camino estaba cubierto de alfombras. A derecha e izquierda de la ruta una doble fila de hombres vestidos de rojo y azul montaba la guardia; el sol arrancaba chispas de luz a los alfanjes desenvainados de aquellos soldados que parecían estatuas.

En la puerta aguardaba también Rezmundo, el obispo cristiano de Córdoba, junto con el cadí* de los cristianos y algunos servidores. Junto a Rezmundo, con una vasija de agua bendita en la mano, estaban José y otros muchachos vestidos con túnicas blancas y preparados para ayudar al obispo en la ceremonia de bienvenida. Rezmundo hubiese deseado recibir a los extranjeros del Norte con la cruz, pero los musulmanes no consentían la exhibición de las imágenes cristianas.

Los transeúntes se paraban a ver la comitiva de los extranjeros del Norte; los cordobeses estaban acostumbrados a las embajadas de otros países que venían a rendir vasallaje al Califa, pero siempre despertaban cierta curiosidad.

Mucha más curiosidad sentían los visitantes. Si no hubiese sido por el protocolo y por el riguroso orden de la comitiva, más de uno se hubiese perdido por las calles empedradas y bordeadas de casas encaladas.

El obispo Rezmundo se adelantó. Para la ocasión se había vestido las viejas ropas episcopales de tiempos de los godos que sólo se usaban ya en las ceremonias importantes; alzó la mano enguantada de rojo y el ancho anillo antiguo que era el signo de su dignidad brilló al sol.

—En nombre de la comunidad cristiana de Córdoba, nosotros, el cadí de los cristianos de esta ciudad y yo, el obispo, os damos la bienvenida, hombres de los condados catalanes. Que Nuestro Señor Jesucristo os bendiga y os guíe en vuestra embajada.

José se acercó con el agua bendita y el obispo introdujo el hisopo en la vasija y roció a los hombres del Norte pasando entre las filas de caballos. Luego se volvió y abrió la comitiva.

Tras el obispo avanzaba el capitán y gobernador árabe de Tortosa que ejercía de embajador del Califa en los condados catalanes. Para la ocasión había elegido un caballo blanco de gran alzada, con las crines tan largas y cepilladas que parecían hilos de plata. Las riendas y la montura eran de cuero rojo repujado, trabajado primorosamente por los artesanos cordobeses.

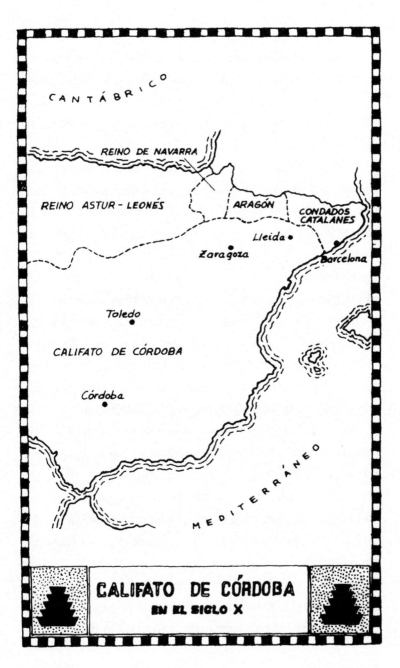

CALIFATO DE CÓRDOBA
EN EL SIGLO X

Detrás del embajador venía la comitiva de los obsequios para el Califa en carros tirados por mulas enjaezadas: veinte eunucos* vestidos con largas túnicas, veinte quintales* de pelo de marta, cinco quintales de estaño, cien espadas francas...

Detrás de los regalos, en filas separadas, caminaban los hombres de armas. A pesar de la sombra de los altos árboles que bordeaban el camino y formaban un túnel de follaje, los catalanes, agobiados por sus ropas de lana, brillaban de sudor.

Desde su llegada se habían resentido del calor. Fijaron el campamento en La Almunia, a la orilla del río, en una pequeña alameda. Djawar, el introductor de embajadores, les envió todos los días grandes cestos de frutas desconocidas en las tierras del Norte, y el obispo Rezmundo les remitió ropas de algodón de vistosos colores, regaladas por los cristianos de la ciudad para que se cambiaran.

Pero a pesar de todo algunos se habían enfermado. Miraban con recelo las frutas desconocidas y aquellos tejidos livianos. Y ni sus ropas de lana ajustadas al cuerpo, ni su alimentación con base en legumbres secas, carne y pan, ni su poca costumbre de lavarse —que levantaba las burlas de los cordobeses— eran lo más indicado para el cálido verano del Sur.

Tras los obsequios y los hombres de armas, en sus mejores monturas, iban los caballeros catalanes. Y algo separado, en el centro, sobre un gran caballo de guerra y vestido con un manto rojo, cabalgaba Bonfill, el embajador de los condes.

Atraía todas las miradas por su gran corpulencia, su cara blanca y redonda salpicada de pecas color canela y sus cabellos casi tan rojos como el manto. En la mano, ostentosamente, llevaba un estuche de cuero labrado y cerrado por sellos de lacre rojo: era el mensaje que el conde Borrell y el conde Miró, señores de Osona, Girona Urgell y Barcelona,* dirigían al Califa.

Djawar, el introductor de embajadores, cabalgaba a la derecha de Bonfill. Bajo el turbante de seda, sus ojos tenían una expresión entre irónica y aburrida que el resto de su cara no dejaba traslucir. Djawar se sentía algo cansado de aquella procesión de embajadas de todo el mundo que venían a inclinarse ante el señorío del gran Califa. Djawar admiraba profundamente la sabiduría de su señor. El Califa Al-Hakam,* Señor de los Creyentes en Alá, no era un guerrero como su padre, sino un gran sabio. La biblioteca de Córdoba había aumentado durante aquellos años hasta convertirse en la primera del mundo; de todos los países llegaban los sabios y se habían creado nuevas escuelas donde enseñaban los mejores maestros; se habían establecido premios a los mejores alumnos y el Señor de los Creyentes pagaba de sus propios bienes los estudios de aquellos muchachos pobres que los maestros recomendaban por su inteligencia y su trabajo, sin importarle la raza o la religión, como aquellos que delante de él acompañaban al obispo Rezmundo.

Todo aquel protocolo, todas aquellas alfombras estropeadas por las patas y el estiércol de los caballos, todo aquel derroche de riqueza y poder que dejaba sin habla a los extranjeros, resultaba mucho menos costoso que una guerra que horrorizaba al Califa. Al-Hakam prefería los tributos a las conquistas y los libros de filosofía a la espada. Sin embargo, cuando a la muerte de su padre Abderramán, los príncipes de los reinos cristianos del Norte habían creído posible conseguir tierras y botín, Al-Hakam no había desdeñado dirigir personalmente la campaña contra Castilla y, el año anterior, uno de sus generales había asolado los condados catalanes, para recordar a los francos que el poder militar de Córdoba no había menguado.

Esta embajada era el resultado de la campaña. No sólo se consiguió la victoria, botín y cautivos, sino que ahora los condes enviaban regalos y ofertas de paz que significarían mayores tributos.

Djawar se sentía satisfecho de que los cristianos del Norte, con sus costumbres bárbaras, sus cabellos claros, sus burdas ropas pardas y sus espadas de hierro, admiraran la riqueza, las refinadas maneras y la superior civilización del imperio cordobés. Alá había bendecido a sus fieles con la riqueza y la sabiduría. No hacía tantos años que el rey de León había venido a suplicar la curación de su gordura desmesurada.

Djawar estaba orgulloso de su señor y de su país.

La comitiva llegó a las puertas de Medina Azhara. Hisham, el gobernador de Tortosa, descabalgó y entregó las riendas a uno de los criados que aguardaban en la puerta. Todos los caballeros siguieron su ejemplo. Ya a pie, atravesaron los patios del palacio. El camino estaba señalado por las piezas de brocado que cubrían el suelo de mosaicos de mármol. Los catalanes pisaban de puntillas; los hombres de armas de la comitiva no habían visto nunca tejidos semejantes, los caballeros estaban dispuestos a pagar las rentas de la cosecha de una comarca por una pieza de aquellas que pisaban con la que hacer el traje de novia de su dama.

En el salón de audiencias, vestido de seda verde y blanca, y sentado sobre almohadones de raso colocados en una alta tarima de mármol, debajo de la gran perla que el emperador de Bizancio regalara a su padre Abderramán y que pendía de una cadena de oro como si fuese una lámpara, Al-Hakam, Califa de Córdoba, Señor de los Creyentes, sucesor de Mahoma, el Profeta, recibía a sus visitantes.

A la mitad del salón los catalanes se inclinaron con las tres reverencias del protocolo. Mientras los hombres de armas y los portadores de los obsequios quedaban de rodillas a la mitad de la sala, Hisham, el gobernador y Djawar se adelantaron junto con Bonfill, el embajador de los condes y el cadí de los cristianos. El obispo y sus acompañantes quedaron en un lado del salón. José se puso de puntillas para ver lo que sucedía en el centro.

Djawar se inclinó profundamente de nuevo, antes de hablar:

—Señor de los Creyentes, ¡Alá aumente tus días!, ante tus ojos está Bonfill, hombre de los condados francos* de la frontera; lo han enviado sus señores, los condes Borrell y Miró, hijos del conde Sunyer. Trae un mensaje de paz y amistad.

Al-Hakam asintió con una sonrisa.

—Los condes de Barcelona, Osona, Girona y Urgell son muy estimados por nosotros. Han buscado la paz y la unión de sus tierras en lugar de la guerra. Rogamos a Alá que los guarde con salud. Deseamos escuchar su mensaje.

Bonfill se adelantó con el estuche de cuero labrado. Se inclinó y lo tendió a uno de los secretarios que estaban sentados en el escalón inferior de la tarima.

El secretario comprobó los sellos antes de romperlos y abrir el estuche delante de todos. Desenrolló el pergamino y lo leyó de una ojeada antes de entregarlo, con una reverencia, al Califa. Si contenía algo ofensivo, Al-Hakam no debía verlo.

El Califa examinó muy detenidamente el mensaje. Los monjes de Santa María de Ripoll se habían esmerado en la caligrafía, que resplandecía de dorados y rojos. El pergamino estaba tan cuidadosamente trabajado que era suave como la seda. Al-Hakam enrolló de nuevo el pergamino y se lo entregó a los secretarios. El Califa conocía la mayor parte de las lenguas cristianas, aunque en las audiencias, por el protocolo, se servía del traductor.

Se recostó en los almohadones y contempló en silencio a los catalanes hasta que Bonfill y sus hombres se sintieron incómodos.

—Sois bienvenidos, hombres de los condados francos de la frontera. Mis servidores os atenderán como merecéis; deseo que vuestra estancia en Córdoba os resulte inolvidable. Os darán nuevos vestidos, ya que los vuestros no son muy apropiados para nuestro clima. Acepto la paz y la amistad que me ofrecen vuestros señores; a partir de ahora ya no serán necesarias las fortificaciones de la frontera; el rey de los francos, vuestro señor natural, estará satisfecho y, como leales amigos, vuestros señores los condes me darán cuenta de cualquier traición que se prepare en Castilla, León o Navarra. Yo he olvidado ya la guerra que los condes nos hicieron y en la que fue voluntad de Dios que nuestros hombres alcanzasen el triunfo, y ruego a Alá, el Misericordioso y el Compasivo, que los conserve con salud y que gobiernen en paz sus tierras durante muchos años —hizo una larga pausa antes de seguir—. Mis notarios se encargarán de los escritos necesarios y evaluarán con justicia y equidad los tributos que los condes deberán enviar a Córdoba.

El cadí de los cristianos tradujo a Bonfill las palabras del Califa; luego se inclinó profundamente e hizo una señal a los catalanes para que hiciesen lo mismo.

La audiencia había terminado. Lo que faltaba, el regateo para conseguir mejores condiciones en los tributos que el Califa exigía, se trataría con los secretarios. Caminando hacia atrás para no dar la espalda al Señor de los Creyentes, los catalanes salieron del salón del trono como el que sale de un sueño. Todavía deslumbrados por el lujo y la magnificencia de la corte, dejaron que los llevaran a sus habitaciones.

Tras ellos fue José, que hablaba el latín mejor que los otros chicos, con un mensaje del obispo Rezmundo para el obispo de Vic.

III. Monasterio de Santa María de Ripoll

Primavera del 968
(Primeros del 357 de la Hégira
para los creyentes del islam)

Se estaba bien en el claustro. Un tibio sol de primavera daba calor a los corredores, olía a hierba nueva y a plantas en flor y el olor a moho del invierno parecía haberse refugiado en los sillares interiores de las esquinas. Como un lejano rumor se escuchaba el ruido de las herramientas de los canteros y los albañiles que trabajaban en la nueva iglesia. Dos hombres paseaban despacio por el lado del claustro en el que daba el sol. Llevaban el largo hábito negro de los monjes y su pelo entrecano brillaba al sol que arrancaba destellos a los gruesos anillos episcopales que los dos llevaban en el dedo.

El más alto dijo:

—La bendición del Señor me ha acompañado durante el viaje. El tiempo fue bueno y en los pasos de las montañas la nieve estaba ya casi fundida.

—Será un buen año para las cosechas —comentó el más bajo.

El monje alto sonrió.

—Vayamos a las cosas importantes. No hay por qué perder el tiempo hablando de las cosechas.

—No es perder el tiempo. ¿Acaso podemos tratar de otra cosa?

—Puede que sí. Durante el viaje a la corte tuve ocasión de hablar con tranquilidad con nuestro buen conde Borrell. Puedo afirmar que, aunque por distintos motivos, está de acuerdo con nosotros y apoyará nuestras peticiones.

—¿Con permiso del rey Lotario?

—No lo digáis con tanta amargura, querido abad Arnulf;* el buen conde Borrell debe rendir vasallaje y besar las manos del rey Lotario, su señor natural. La esposa del conde, doña Letgarda, es una bella dama franca; el conde pidió al rey Lotario su bendición para el matrimonio. Yo estuve presente y aproveché para visitar al arzobispo de Narbona.*

—¿Era necesario?

—Es nuestro arzobispo, recordadlo, Arnulf. Tuvimos una entrevista cordial y me entregó una donación para nuestras nuevas iglesias. Eso es bueno. Nuestros monasterios son muy pobres.

El abad Arnulf se detuvo en su pasear y su compañero se paró con él. Arnulf era de mediana estatura, fornido, y daba una falsa sensación de gordura. Sus manos eran anchas y fuertes, más de guerrero o campesino que de monje.

—Ató,* escuchad; no es que sea impaciente, es que creo que ha llegado el momento de afirmar nuestra personalidad.

La provincia tarraconense era en los tiempos de los antiguos romanos un arzobispado importante, nuestros abuelos creían que su iglesia estaba fundada por el mismo san Pablo. ¿Por qué dependemos ahora de Narbona? Porque tras la invasión de los árabes —se contestó a sí mismo con disgusto— no tenemos gente ni bienes suficientes para sostener nuestras iglesias, poner manteles en los altares y leer en las celebraciones en libros dignos. ¡Y encima somos sospechosos de herejía! Ya sé que por el momento Tarragona no será dominio cristiano, tiene demasiado poder el Califa de Córdoba. ¡Pero vuestro obispado de Vic es tan importante como Narbona! Por eso creo que es bueno hablar del tiempo. Si Dios nos bendice con buenas cosechas vendrán más hombres a estos valles, repoblaremos la tierra y nuestras iglesias florecerán.

Con una breve risa, ante la irritación de su compañero, el obispo Ató volvió a su pasear; todavía sofocado, Arnulf le acompañó.

—Los tiempos son difíciles, Arnulf. Difíciles para todos los hombres de la Marca Hispánica, sean condes, monjes, guerreros o siervos. Córdoba es el imperio más fuerte del mundo y nosotros somos la frontera entre Córdoba y los francos. Una frontera despoblada. ¿Y cómo vamos a atraer hombres a estos valles si no tienen seguridad de lograr la cosecha? ¿Cómo van a trabajar? ¿Con una mano en el arado y los ojos en el horizonte? Por eso, hace dos años, los condes enviaron su mensaje de paz al Califa.

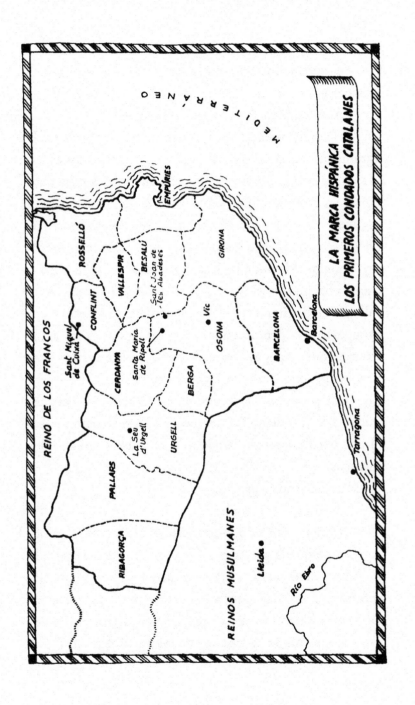

Nos cuesta buenos tributos, pero necesitamos paz para trabajar y prosperar.

—¿Cómo han aceptado eso en la corte?

—Han disimulado su disgusto. Al rey Lotario no le agrada que sus condes de la Marca envíen tributos al Califa en su propio nombre, pero no tiene fuerza para oponerse. Su situación en el reino no es muy firme desde su segundo matrimonio y el conde Borrell es el señor más poderoso de la Marca. No depende del nombramiento del rey; heredará el condado de su hermano, el conde Miró, y dejará el gobierno y las tierras a sus hijos. Si ofreciera vasallaje a otro señor, el rey Lotario perdería la Marca. Y por otra parte el rey comprende la ventaja de que la paz en la frontera Sur se pague con un tributo que sale de los propios bienes del conde en lugar de pagarse del tesoro del rey. Cede soberanía a cambio de paz y beneficios económicos. Y la familia del conde Borrell ha sido siempre leal al rey. No ha apoyado jamás ni a los sublevados ni a los intrusos.

El abad Arnulf suspiró.

—Todo es muy complejo.

—Y mientras tanto —continuó el obispo Ató— a nosotros nos queda ganar prestigio y demostrar al mundo nuestra piedad, nuestra cultura y nuestro saber. Y para ello son buenos los viajes; recuerdan a los poderosos nuestra existencia. Cuando estemos preparados, debemos ir a Roma a rezar ante los sepulcros de los apóstoles san Pedro y san Pablo y a presentar nuestro respeto y obediencia al papa.

—Y aprovechar para pedir una bula de exención.

—Y pedir una bula de exención de impuestos y de servidumbre, en efecto. Pero tenemos que tener paciencia. Entre nuestros monjes hay algunos que no ven con simpatía una mayor autonomía del gobierno de los francos, ya sean obispos o reyes.

El abad Arnulf afirmó:

—Tenéis razón. Incluso entre mis monjes se encuentran partidarios de los francos. Y luego están esos que ven al diablo detrás de cada libro y que encuentran pecado en cada pergamino.

—No todos son así; os quiero presentar a un muchacho que ha venido con nosotros. Es un monje del monasterio de San Geraud d'Aurillac.* Es muy inteligente, ha estudiado la gramática en su monasterio, pero quiere aumentar sus conocimientos de matemáticas y de astronomía en Santa María. Yo también le enseñaré algo de aritmética. ¿Veis, Arnulf? Hasta el monasterio de d'Aurillac ha llegado la fama de vuestra biblioteca y de su ciencia. Ése es el buen camino para conseguir nuestra autonomía de Narbona.

—Será bienvenido.

Hizo un gesto a un muchacho que, hasta entonces, había estado sentado en uno de los arcos del claustro. Tendría unos veinte años y era moreno, de mediana estatura, con los rasgos de la cara afilados y nítidos, como si se la hubiesen tallado con una herramienta. Vestía hábito y se inclinó a besar el anillo del abad Arnulf.

—Arnulf, éste es Gerbert d'Aurillac. Desea estudiar en vuestra biblioteca.

Arnulf apoyó la mano sobre la cabeza inclinada:

—Eres bienvenido, Gerbert. Que Dios te bendiga.

IV. Córdoba: Tribunal del Califa

Año 357 de la Hégira
(Primavera del 968 para los cristianos)

Ibn Rezi atravesó con paso ligero la sala de espera repleta de gente que aguardaban y a su paso se apagaron las conversaciones y se hizo un silencio de plomo, pero aparentó no advertirlo. Estaba acostumbrado a las muestras de respeto y en ocasiones de servilismo.

Entró en la sala de audiencias y respondió con brevedad a los saludos de la guardia y a las reverencias de los funcionarios que despachaban asuntos tras sus mesas bajas.

Se acercó a una de las ventanas y miró al exterior a través de las celosías; el cielo era de color azul fuerte y el sol hacía brillar el blanco de cal de los muros de las casas; olía bien, los limoneros estaban en flor en todos los patios.

Con un suspiro, Ibn Rezi se apartó de la ventana y se dirigió a su asiento guarnecido de almohadones; le apetecía más pasear con su hijo bajo los árboles que atender los aburridos asuntos que aquel grupo de escribientes le habría preparado. Hoy era día de audiencia. Los súbditos del Califa podían exponer sus quejas ante su trono un día a la semana, sin intermediarios ni obstáculos. Sólo necesitaban un escrito para solicitar audiencia.

—Bien, ¿qué hay?

El secretario se acercó con una caja llena de rollos.

—Esto es lo más urgente, señor.

Ibn Rezi comenzó a leer y a firmar y sellar documentos; desde que la población de Córdoba había aumentado tanto, el Califa no podía atender personalmente a los que deseaban presentarle sus problemas y había nombrado cuatro jueces elegidos especialmente para que atendieran al pueblo. Ibn Rezi, cadí elegido por el Califa para su "diván" o consejo, era un hombre respetado por su virtud y su justicia; conocía las distintas lenguas y alfabetos y podía leer las leyes de otros pueblos en su idioma original.

Tras la firma de los documentos el secretario hizo pasar a los primeros de los que aguardaban. A pesar de los cuatro jueces, hombres y mujeres hacían cola desde las primeras horas del día.

Durante dos horas, Ibn Rezi escuchó a dos mujeres que discutían por su derecho a un puesto en el lavadero público, a un hombre que tenía una herida en la cabeza por la caída de una maceta y resolvió un litigio por la prioridad en el uso del agua de riego. El cadí era un hombre justo, consciente en todo momento de que estaba en el lugar del Califa y que hasta los más pobres tenían derecho a una justicia rápida, barata y clara, sin trámites ni esperas, ejercida por su señor, a quien él representaba.

El secretario avisó en un susurro:

—Señor, está aquí el poderoso Solomon Ben Zahim.

Ibn Rezi se irritó ante la presentación.

—¿Y quién es el poderoso Solomon Ben Zahim?

—¡Señor! Sus huertos se extienden hasta la sierra y sus caravanas llevan mercancías hasta Bagdad. Dicen que es uno de los hombres más ricos y piadosos de Córdoba. Ha entregado cuantiosos donativos para la mezquita.

—Lo sé. Pero en este tribunal Solomon Ben Zahim es tan poderoso como esas dos mujeres que discutían por un puesto en el lavadero.

El secretario se inclinó en una sumisa reverencia:

—Perdón, señor. No he querido decir...

—Sé lo que no has debido decir —cortó seco el cadí—. Haz pasar a Ben Zahim y sepamos qué le trae al tribunal del Califa.

Solomon Ben Zahim era un hombre de unos cuarenta años, bajo y corpulento, que había acumulado grasa en el vientre. Hizo una trabajosa reverencia en el umbral, avanzó por la sala y se inclinó de nuevo en una profunda zalema ante el estrado del cadí.

Ibn Rezi hizo un gesto con la mano.

—Habla.

Solomon Ben Zahim adoptó un tono de voz suave y obsequioso, aunque la colérica expresión de sus ojos desmentía su voz.

—La fama de tu justicia se comenta por todas las calles de Córdoba, ilustre cadí. Por eso he venido a tu tribunal a presentar una denuncia a la que me obliga mi conciencia de creyente.

Ibn Rezi alzó las cejas.

—¿Y a qué te obliga tu conciencia de creyente?

—He oído maldecir del Profeta. ¡Su nombre sea bendito!

—¡Sea bendito! —repitió el cadí.

—He oído a un cristiano expresar su desdén hacia el Profeta con palabras tales que mi devoción me impide repetirlas.

La desaprobación de Ibn Rezi se transparentaba en su voz a pesar de todo su control.

—¿A quién oíste tan terrible blasfemia?

—A José Ben Alvar, un muchacho estúpido y vanidoso que progresa en la ciencia gracias a las escuelas y a la bondad del Señor de los Creyentes, ¡Alá le aumente los días!

—Ese cristiano merece un severo castigo, desde luego; pero, si es un muchacho, tal vez todo sea una imprudencia debida a los pocos años.

—¡Es un cristiano, hijo de cristianos! ¡Hay que acabar con esa raza maldita!

—Son pueblos del Libro.* El Profeta nos ordena respetarlos.

—Hacen propaganda de su idolatría por calles y plazas.

—Eso está castigado por la ley. ¿Cómo sabes tú tanto de ese cristiano?

—Mi hijo estudia en la misma escuela que ese ingrato muchacho. Toda la escuela ha escuchado sus insultos hacia nuestro Profeta. No será difícil encontrar testigos si se investiga.

—Así se hará. Te avisaremos si hay otros interrogatorios. Confía en la justicia del Califa, Solomon Ben Zahim.

Con un gesto, Ibn Rezi despidió al mercader, que salió entre reverencias. Y con una seguridad hija de su experiencia y sabiduría, dijo a su secretario:

—Ese hombre miente.

—Es poderoso, señor, y afirma que tiene testigos.

—Es rico y poderoso y puede tener testigos de cualquier cosa que le beneficie. Pero no dice verdad.

El secretario contempló dudoso al cadí.

—Tú eres más sabio, señor. Pero la blasfemia contra el Profeta es asunto grave en estos cristianos que viven y prosperan por la benignidad del Califa.* ¡Alá prolongue sus días!

Ibn Rezi se levantó de su asiento.

—Ordena que se envíe por ese muchacho y por los testigos para tomarles declaración. No creo que me tengas que enseñar cómo hacer justicia. Yo velaré por el respeto al Profeta, ¡su nombre sea bendito!, como cadí del Califa que soy.

* * *

—¿Cuál es tu nombre?

José tragó algo invisible y muy duro antes de responder. Estaba asustado y se le notaba; intentaba disimularlo con una juvenil altanería un punto insolente, pero no lo conseguía.

—Mi nombre es José Ben Alvar, señor.

—¿Edad?

—Dieciocho años, señor.

Ibn Rezi consultó un pergamino sin perder de vista al muchacho. José Ben Alvar era alto, había crecido deprisa y ya tenía más estatura que muchos hombres, moreno de piel, con el pelo oscuro y rizado y los ojos negros; estaba bastante delgado, se le marcaban los huesos.

—Eres cristiano.

No era una pregunta, sino una afirmación. En realidad Ibn Rezi no necesitaba preguntar nada. Todo lo que le hacía falta saber estaba ya escrito en sus informes. Pero las preguntas formaban parte de la técnica del tribunal.

José volvió a tragar su propio miedo, pero su voz fue firme.

—Sí, señor.

—¿Qué estudias?

—Las cuatro ciencias, señor. Mi maestro cree que puedo progresar en aritmética, geometría y astronomía. Yo me esfuerzo en aprovechar sus enseñanzas y sabiduría.

Tras la cortesía de la expresión, el brillo de sus ojos negros mostraba que se sentía orgulloso de sí mismo.

Ibn Rezi sonrió levemente.

—Eso mismo dicen tus maestros —hizo una pausa—. ¿Te llaman Sidi Sifr, "el Señor del Cero"?

Una oleada de sangre encendió el rostro del muchacho y el cadí comprobó satisfecho que había perdido el aplomo.

—Es una broma de mis compañeros, una broma de estudiantes, señor. Me llaman Sidi Sifr porque tengo mucha facilidad para el cálculo según lo enseña en sus libros el sabio Al-Kowarizmi.*

Ibn Rezi hizo una pausa, miró sus pergaminos y dio mayor seriedad a su expresión.

—¿Sabes por qué estás aquí?

—No, señor.

—Has sido acusado ante el "diván" del Califa, José Ben Alvar.

Guardó silencio y contempló fijamente al muchacho tomando nota de su sobresalto. Hasta la sala llegaba el suave murmullo del jardín. El cadí siguió:

—Te han acusado ante el Califa, ¡Alá alargue sus días!, de blasfemar de Mahoma el Profeta, ¡su nombre sea bendito! Te han acusado con suficientes testigos que han declarado ante este tribunal, José Ben Alvar.

José miró en derredor. Parecía acorralado y la sangre había huido de su rostro.

—Esta denuncia que me hacen y que puedo jurar que es falsa, ¿no tendría que juzgarla el cadí de los cristianos?

Ibn Rezi sonrió. Apreciaba la estrategia del acusado. En Córdoba había un juez y un gobernador especial para los cristianos.

—Por supuesto, José Ben Alvar. Y así se hará después de mi sentencia. Juzgará tu acusación el cadí de los cristianos en presencia del gobernador de los de vuestra religión. Yo sólo atiendo esta denuncia, la compruebo y si lo creo preciso, juzgo y la resuelvo. Ten en cuenta que éste es el "diván" del Califa, ¡Alá le guarde!, y no está sujeto a muchas formalidades. Es la justicia de nuestro buen señor que, como un padre, presta oído a sus súbditos sin ninguna discriminación de raza y religión y sin ninguna espera y protocolo.

—Señor, ¿puedo hablar en mi defensa?

—Habla.

—Señor, soy cordobés y mi familia ha vivido en esta ciudad desde los antiguos tiempos de los romanos. Somos cristianos desde hace más de trescientos años y todos hemos seguido la fe de nuestros padres. Creemos firmemente que es la verdadera, pero no ofendemos a los que buscan el paraíso que promete el Profeta y llaman a Dios

con el nombre de Alá. Mi padre tiene clientes y amigos entre los fieles del islam y siempre hemos pagado nuestros impuestos sin mezclarnos en rebeliones. Señor, estoy orgulloso de ser cordobés y mi familia es respetada en la ciudad. Creo que el Califa, ¡Dios lo guarde!, es un gobernador justo y clemente, el mejor señor de la tierra, y rezo a Cristo para que le aumente los días. Nadie puede testimoniar con verdad que yo he ofendido al Profeta ni he hecho burla de los que siguen sus leyes.

Calló, anhelante. Ibn Rezi se levantó de su asiento y se acercó a la celosía. Atardecía sobre la ciudad y la luz del poniente pintaba las casas con reflejos rosas y azules. Cada vez estaba más seguro de la inocencia del muchacho. Su juicio era seguro. Al elegir jueces para su "diván" el Califa se fijaba, por encima de todo, en la sabiduría y en la rectitud de criterio de los jueces que le habían de representar en el contacto directo con el pueblo. Un hombre podía conocer muy bien las leyes, pero el instinto de la justicia y la valoración de la honradez de los hombres, la recta visión del corazón y el criterio para distinguir la verdad de la mentira bien disfrazada eran más difíciles de conseguir. Ibn Rezi tenía una justa fama de claridad de visión y buen juicio.

Volvió lentamente a su asiento sin perder de vista a José Ben Alvar. No creía que hubiese maldecido a Mahoma y, por otra parte, aunque creyente fervoroso y sincero, estaba seguro de que Mahoma estaba por encima de las palabras

44

buenas o malas de un cristiano. Pero no todos entendían eso y los enemigos del muchacho eran poderosos.

Lentamente se acomodó en los cojines y colocó con cuidado los pliegues de su ropa de seda. Tenía un plan.

—Como ya te he dicho, varios testigos declararon concertadamente contra ti y tu acusador es persona de gran prestigio. Pese a eso, yo creo que dices la verdad y desestimaré la acusación. Represento al Califa y mi palabra es la palabra del Califa. Pero después de mi sentencia, las cosas no se te van a arreglar; el delito del que te acusan se castiga con la muerte y tu acusador es demasiado poderoso. Tus maestros temerán su poder, te considerarán de otra forma y ya no podrás continuar los estudios como protegido del Califa. Tus progresos científicos se detendrán. Es una lástima porque dicen que eres muy inteligente y podrías ser un gran sabio. Y hay que contar con que tu acusador no se conforme con mi sentencia y te vuelva a denunciar ante los tribunales regulares y a la denuncia de blasfemia añadirá otra de magia y de encantamiento para justificar que yo haya fallado a tu favor. Los procedimientos de los jueces ordinarios son largos y tendrás que aguardar la sentencia en la cárcel.

José Ben Alvar levantó vivamente la cabeza; seguía pálido, pero atendía con todos los sentidos. Ibn Rezi se sirvió agua en una copa de plata y cambió de tema.

—Los condes catalanes quieren hacer su propia política y ser señores en sus tierras; enviaron embajadores al

Califa y le rindieron vasallaje. Pagan tributo; no un tributo muy cuantioso, porque son pobres, pero es uno más que unir al tesoro del Califa. Sin embargo, el señor natural de los condes catalanes es el rey franco. ¿Qué habrá dicho el rey Lotario cuando haya sabido que los catalanes, por propia iniciativa, se inclinan ante el Señor de los Creyentes?

José guardó silencio. La pregunta del cadí no esperaba respuesta.

Ibn Rezi continuó:

—Convendría mucho al Califa conocer las verdaderas intenciones de los condes catalanes; ninguno de los reinos del Norte es lo bastante fuerte para crear un verdadero problema al Califa y los gobernadores de Toledo, Lérida, Zaragoza y Tortosa tienen buenos hombres y buenas murallas, pero es sabio no dejar crecer a los enemigos.

Volvió a contemplar fijamente a José; luego bajó la vista al anillo de sello que llevaba en el dedo y que era la insignia de su cargo y jugueteó un momento con él.

—No debes olvidar que tus enemigos no lo son de tu fe, sino de tu inteligencia y de tu prestigio en los estudios. La envidia anida entre musulmanes y cristianos, en todas las razas y en todas las religiones... Un muchacho inteligente y leal que se siente cordobés aunque sea cristiano y que huye de su ciudad perseguido por su fe podría ser un buen informador de su señor.

Los ojos de José reflejaban toda su sorpresa. Dijo:

—Señor, ¿puedo preguntar?

—Pregunta.

—¿Cuándo se ha preparado todo esto?

Ibn Rezi rio.

—No pienses que todo ha sido una trampa, Sidi Sifr —José se ruborizó ante su apodo—. No creas que la denuncia es falsa. Todo ha sucedido como te he dicho. Pero cuando me trajeron los informes sobre ti y sobre tu familia… pensé que este enojoso asunto podía tener una solución satisfactoria para todos.

—¿Para todos? —preguntó amargamente José.

—Mira, Sidi Sifr, ya no volverás a estudiar las cuatro ciencias en Córdoba; ya no obtendrás el premio del Califa para el mejor alumno. Ya te he dicho que creo que eres inocente, pero la acusación es sencilla y está bien tramada. Aunque yo declarara tu inocencia, tus maestros no propondrán para el premio a un alumno cristiano sospechoso de blasfemia ni querrán que sigas en su escuela. Ya no eres bien visto. Tu vida ha cambiado, te la han cambiado tus enemigos. Vete a casa y consulta con tu padre; hoy no hay secretarios que levanten acta; oficialmente esta tarde tú no has estado aquí. Mañana daré orden de que te busquen y te traigan ante el tribunal; si te encuentran, sabré que no estás de acuerdo con mi plan y repetiremos esta audiencia —sonrió como si conociese los pensamientos de José—. No te pido que seas un espía de los que tienen tu misma fe, sino que nos envíes noticias desde las tierras de la frontera del Norte. Noticias que completen los informes de los gobernadores. Nuestro Califa, ¡Alá le bendiga!, no quiere guerras. Cree que un mediano pacto con escaso tributo es mejor que una gran victoria con cuantioso botín; no quiere ser la causa de la muerte de un hombre sea cual sea su fe, amigo o enemigo. Si escapas y no escribes, no tomaré represalias contra tu familia; éste es un acuerdo entre tú y yo. En cualquier caso, decidas lo que decidas, este tribunal decretará tu inocencia, porque yo soy un juez justo, pero ya te he explicado lo que ocurrirá.

José se inclinó dispuesto a marcharse. Luego recordó...

—Señor, si me fuese al Norte, ¿adónde iría?, ¿y cómo podría yo...?

Un gesto de aprobación de Ibn Rezi le interrumpió.

—No se equivocaron tus maestros al ponderar tu inteligencia, Sidi Sifr. No quiero decirte dónde puedes ir; tal vez a uno de vuestros monasterios del Norte que vuestro obispo te puede recomendar. Un muchacho como tú debe escribir con frecuencia a sus padres para tranquilizarles sobre su salud y destino. Ya te he dicho que no quiero que seas un espía al uso. El Califa ya los tiene, expertos y bien pagados. Se le dirá a tu padre a quién debe entregar tus cartas una vez leídas. Yo mientras tanto dictaminaré tu inocencia. Si no estás para ser el mejor estudiante, el más digno del premio del Califa, el premio irá a parar a otro estudiante y tus enemigos se aplacarán.

V. Camino del Norte

Mayo del 968 (357 de la Hégira
para los creyentes en el islam)

La caravana viajaba sin prisa hacia el Norte. El sol poniente incendiaba de rojo la altiplanicie que se extendía hasta más allá del horizonte. La debían atravesar por completo. Al caer la noche, entre dos luces, se buscaban refugios o se acampaba bajo las estrellas. Entonces los muleros, después de agrupar los animales en improvisados corrales, encendían hogueras para cenar y cantaban viejas canciones de amor que traían ecos de un pueblo que había viajado durante mucho tiempo por el desierto y había dormido bajo las estrellas de todo el mundo conocido.

José no se unía a los cantos. Se sentaba contemplando la hoguera, con su cuenco en la mano y, en ocasiones, se le llenaban los ojos de lágrimas. Nadie le decía nada. Los hombres de la caravana no le conocían y él no había sido amistoso; su padre le había confiado al jefe de la caravana con instrucciones muy precisas y sin decir el verdadero motivo de la partida del muchacho. José llevaba un cinturón lleno de monedas de buena plata cordobesa pegado a la piel y cartas de presentación de Rezmundo, el obispo de Córdoba, para Ató, obispo de Vic; Garí, obispo de Osona, para Adelaida, la abadesa de Sant Joan,* y Arnulf, el abad de Santa María de Ripoll,* donde le darían posada y que en principio era su destino final. Recordaba la reunión en su casa y la bendición de despedida del obispo:

—Los caminos del Señor son extraños, José Ben Alvar. Tienes que salir de tu patria y no serás un sabio maestro cordobés en las cuatro ciencias, no serás Sidi Sifr, "el Señor del Cero", pero tal vez te esté reservado un destino más alto. Acuérdate de Daniel en la corte de Nabucodonosor y de los otros personajes de la Biblia. Tú eres inocente, hijo. La bendición del Señor te acompañará.

—¿Siendo espía?

—Tu conciencia te aconsejará lo mejor. —había dicho su padre—. El cadí ha sido muy generoso al fiarse de tu palabra. Tu patria es Córdoba, hijo. Tú has nacido aquí, y aquí nacieron tus abuelos y bisabuelos. El resto es política. Nosotros somos cordobeses; nuestra familia ha vivido en esta ciudad desde los tiempos de los antiguos romanos, más de lo que el más viejo puede recordar. No hemos querido nunca emigrar porque ésta era nuestra tierra, gobernase quien gobernase. Día llegará en que podamos adorar a nuestro Dios libremente en nuestro país; también los romanos y los godos en los primeros tiempos perseguían a los de nuestra fe. Bajo los musulmanes...

nuestro pariente Álvaro* fue mártir por su fe en tiempos de Eulogio y ahora mi hermano goza de la confianza del Califa y es uno de sus embajadores en la corte de Bizancio; sin traicionar nuestra fe, siendo veraces y honrados, haremos lo que podamos para sobrevivir.

El obispo Rezmundo le dijo:

—Te irás con una caravana que va a Sant Joan de Ripoll. No hemos podido encontrar otra posibilidad con las prisas. Desde allí, la abadesa te enviará al monasterio de monjes de Santa María. Dios te guiará.

José Ben Alvar no se sentía en absoluto aliviado por esas palabras. Todavía sentía la presión de los brazos de su madre, que luchaba por retener las lágrimas.

—Dios te bendiga, hijo. ¡Maldita envidia que te manda fuera de nuestra casa! Te he guardado todos tus libros y pergaminos. Por favor, hijo, no nos dejes sin tus noticias.

Mientras la caravana atravesaba la llanura en largos días iguales y luego buscaba el mejor paso entre los montes, José, angustiado, reflexionaba. Estaba confundido. Su vida había dado una solemne voltereta, le habían lanzado al aire y todavía no sabía en qué postura iba a caer. Hasta el momento, su existencia había transcurrido feliz. En su casa, todos: sus padres, sus hermanos, los criados, los abuelos, le habían querido y se habían enorgullecido de su inteligencia. Su proyecto de vida se extendía ante sus ojos tan plácidamente como la página de un libro. Le gustaban las matemáticas; las comprendía y le apasionaban, y su gran facilidad para el cálculo asombraba hasta a sus maestros y había motivado su apodo: "Sidi Sifr", "Señor del Cero". Quería investigar los números y sus posibilidades según lo que Al-Kowarizmi había enseñado en su libro; estaba seguro de que, con una enseñanza apropiada, todos podían conseguir tan buenos resultados en el cálculo como él. Aquel año habría obtenido el premio del Califa al mejor alumno y lo habrían propuesto para enseñar a los más jóvenes; quería continuar enseñando y en su momento se habría casado con alguna muchacha cristiana y hubiese tenido hijos y envejecido con honores. Y ahora, esos planes tan simples de una vida feliz, por culpa de la envidia de Alí, el hijo de Solomon Ben Zahim, se habían deshecho como los números que escribía en la arena cuando utilizaba el ábaco de arena para resolver problemas.

Descansaron en Tortosa, donde la caravana entregó una gran parte de sus mercancías y donde el gobernador les recibió en persona y les proporcionó una guardia para protegerlos de los ladrones que merodeaban la frontera. Recibió las cartas que le enviaban de Córdoba y prometió encargarse de remitir las cartas que José le entregó.

A la salida de Tortosa, el jefe de la caravana le dijo:

—A partir de ahora ya estamos en tierra de cristianos. En tres o cuatro jornadas estaremos en Sant Joan de Ripoll. Yo entregaré los pellejos de aceite al monasterio y tú seguirás tu camino.

José asintió sin protestar; no tenía prisa por llegar a ninguna parte. A su pena y su nostalgia de los primeros días había sucedido una tristeza y depresión intensa.

Sant Joan era un hermoso monasterio con sillares de piedra que todavía tenía el brillo y el matiz de recién cortada. José entregó las cartas de recomendación que llevaba a la hermana portera y después, mientras el jefe de la caravana dirigía la descarga de los pellejos de aceite y recibía el precio de la hermana despensera, José paseó por el oscuro zaguán donde tropezó dos veces con los descargadores. Abrió una puertecilla estrecha y se encontró en el huerto del monasterio.

Soplaba un vientecillo frío que estremecía y los árboles tenían los brotes color verde tierno de la primavera. Buscó un rincón abrigado y se sentó al sol arrebujado en su capa; tenía frío y se sentía melancólico. El paisaje, que mostraba todos los tonos del verde, era muy distinto del de su añorada Córdoba.

—¡Eh, tú! ¿Qué haces aquí? ¡Los mozos de la caravana se quedan al otro lado de la puerta!

José se volvió. Tras él, y vestida con las ropas de lana parda de las monjas, había una adolescente, casi una niña todavía. De las tocas blancas escapaban rizos de un tono de cobre bruñido; tenía los ojos asombrosamente verdes y la cara sembrada de pecas. Había hablado en la lengua de los francos* como la gente del pueblo y José no entendió.

Se levantó y se inclinó en un saludo antes de preguntar en latín.

—¿Qué me decís, señora?

Ella comprendió que no era uno de los mozos y también cambió al latín.

—No está permitido a los extraños entrar al huerto. ¿Quién sois? ¿Cuál es vuestro nombre?

—Soy José Ben Alvar, de Córdoba, mi señora; he venido con la caravana. No sabía que estaba prohibido el paso a este sitio. ¿Éste es el lugar de las mujeres?

—¡Es el lugar de las monjas! ¿Sois árabe?

—No, mi señora; mi familia vivía en Córdoba desde los tiempos de los antiguos romanos y somos cristianos.

—Si sois cristianos, ¿por qué no habéis huido al Norte?

José estuvo a punto de contestar que era una impertinencia preguntar acerca de lo que no era asunto suyo, pero él era allí el forastero y aquella monja le hablaba con altivez, como quien está acostumbrada a mandar.

—Señora, Córdoba es nuestra patria y allí están las tierras de la familia y los sepulcros de nuestros abuelos. ¿Por qué tendríamos que huir?

Ella no respondió y preguntó de nuevo:

—¿Y a qué vienes al Norte? ¿Eres mercader?

José no sabía exactamente lo que era ni cómo contestar a esa pregunta.

—No, mi señora. He llegado con la caravana pero me dirijo a Santa María de Ripoll. Vuestra abadesa me facilitará un guía para el camino.

—¿Vas a ser monje?

—Lo tengo que pensar. No estoy seguro todavía, mi señora. De momento, lo que quiero es estudiar.

—Yo ya lo tengo pensado y estoy muy segura. Yo quiero ser monja y entregar mi vida a Dios, nuestro Señor.

—Es una decisión digna de alabanza —dijo cortésmente José—. Debo marcharme.

Ella le detuvo.

—Perdonad, ¿no queréis quedaros un poco más? Ya que habéis entrado... No partiréis para Santa María hasta mañana y yo tengo tan pocas ocasiones de hablar con alguien diferente... —señaló un banco—. ¿Nos sentamos?

José contempló el banco con aire de duda. Luego extendió el faldón de la capa y se sentó en el suelo con las piernas cruzadas.

—Perdonad, mi señora. Estoy más cómodo aquí.

—¿Al uso árabe? —su risa levantó ecos en los árboles—. Sois muy divertido, José Ben Alvar.

Ella escondió las manos en las amplias mangas del hábito y sonrió con algo de expectación.

—¿Qué me vais a decir?

—No sé quién sois, mi señora.

—¡Ah, claro! Yo soy Emma; me llamo así en recuerdo de mi tía abuela, la hija del conde Guifré,* que fue la primera abadesa de este monasterio. ¿Qué hacíais en Córdoba?

—Estudiar, señora; las tres ciencias de la gramática, la retórica y la filosofía y las cuatro ciencias de la aritmética, la geometría, la astronomía y la música.

—Yo también estudio en este monasterio, pero no he podido llegar más que a los principios de la música. ¡La aritmética es tan difícil!

—No, tal como la explicaba mi maestro. ¿Queréis escuchar un problema de aritmética?

Y sin aguardar respuesta comenzó a recitar:

Un collar se rompió mientras jugaban
dos enamorados,
y una hilera de perlas se escapó.
La sexta parte al suelo cayó,
la quinta parte en la cama quedó,
y un tercio la joven recogió.
La décima parte el enamorado encontró
y con seis perlas el cordón se quedó.
Dime cuántas perlas tenía el collar
de los enamorados.

Emma sacó las manos de las mangas para aplaudir divertida.

—¡Qué bonito! ¿Cuántas perlas había?

José también reía.

—Yo conozco ya el resultado, pero lo podemos calcular ahora. Vais a ver qué fácil y rápido. ¿Sabéis sumar?

—Sí, pero me equivoco muchas veces. No sé manejar bien el ábaco. Además, ¡no podéis calcularlo ahora! Se tardarán días en calcular algo tan complicado.

—No, como lo explica el sabio cordobés Al-Kowarizmi. Veréis.

José buscó una ramita rota y dibujó un cuadro en el suelo que luego dividió por rayas verticales como una reja.

—Con este sistema se opera más rápido que con el ábaco latino* —explicó.

Dibujó varios signos en los pequeños cuadros de la reja antes de anunciar:

—El collar tenía treinta perlas.

Emma estaba fascinada.

—¡Esos signos son mágicos!

José reía alegremente por primera vez desde hacía tiempo.

—No, ¡nada de magia! Sólo son los números árabes. Se calcula mucho más deprisa con los números árabes que con números romanos. Y se calcula mucho mejor con un ábaco de arena como éste —y señaló el dibujo del suelo— que con el ábaco que usáis vosotros.

—¡Me gustaría aprender! Si vais a Ripoll, puedo pedir permiso para que me enseñéis esa ciencia. Como voy a ser monja, puedo estudiar todo lo que quiera, no es como si fuese a casarme.

—¿Cuál es la diferencia?

—Si me fuese a casar, sólo debería aprender lo que complaciese a mi marido. Si yo fuera una mujer del pueblo, aprendería a cocinar y a limpiar la casa; también tendría que ayudar a mi marido en el campo o en su oficio; como soy hija de un conde, si me casara, tendría que administrar el castillo en las ausencias de mi esposo, pero como él sólo sabría poner su nombre al pie de los documentos, no consentiría mayor ciencia en su mujer. ¡No quiero casarme nunca! ¡No quiero depender de un hombre que no me deje estudiar, que me domine, que a lo mejor me pegue, y estar pendiente de sus deseos y tener hijos, uno tras otro, todos los años y ver cómo mueren por falta de cuidados hasta que yo misma muera!

—Los hijos de los condes no pasan hambre.

—¡Pero aquí, en la frontera, mueren de enfermedades, sin médicos que los cuiden! Varios de mis hermanos murieron antes de que naciese yo. Mi madre era una mujer triste, sin alegría, que languidecía solitaria en el castillo, y eso que mi padre era un buen hombre que la respetaba. Cuando murió mi padre se trastornó su razón. Yo prefiero ser libre y servir a Dios.

—¿Y el amor?

—¡Prefiero el amor de Dios! Yo voy a ser monja.

Se levantó con un revolotear de las faldas del hábito y se alejó muy deprisa y andando muy derecha. Sus frases no eran las de la niña que aparentaba. José la siguió con la vista, interiormente divertido, y pensó en que la vida de aquella muchacha, hija de condes, no debía de haber sido muy fácil. Luego volvió hacia la puerta del monasterio.

Ninguno de los dos advirtió que, en el suelo, quedaban las huellas de los cálculos de José.

VI. Santa María de Ripoll

Junio del 968 (357 de la Hégira
para los creyentes del islam)

—Bienvenido al monasterio, José Ben Alvar.

—Gracias por vuestra acogida, señor.

El abad Arnulf sonrió ante el suave acento árabe con que hablaba latín el muchacho. Se notaba que no hablaba en su idioma materno. Lo contempló con curiosidad. La carta del obispo de Córdoba lo recomendaba muy calurosamente. Encarecía su piedad y su gran inteligencia. A primera vista, no se diferenciaba demasiado de los novicios del monasterio. Tal vez algo más moreno, tal vez más maduro, más adulto.

—¿Te encuentras bien? ¿Necesitas algo?

—Vuestra acogida ha sido muy generosa, señor. No necesito nada; gracias.

Estaban en la sala capitular,* rodeados de todos los monjes del monasterio. Atardecía y los últimos rayos del sol se colaban por la puerta que daba al claustro. José había llegado al monasterio a primera hora de la tarde, acompañado de dos servidores del monasterio de Sant Joan.

Luego, el hermano portero había conducido a José a la casa de huéspedes, y allí, ayudado por el monje, había colocado su equipaje en la amplia habitación, que aquel día sólo le tenía a él de habitante, y se había tumbado sobre la paja fresca y limpia que estaba amontonada para servir de cama. Seguía dominado por una sensación de vértigo. Se sentía en el aire, sin estabilidad.

El abad en persona había ido a buscarle para los rezos y José había besado el anillo colocado en aquella mano grande y huesuda, más propia de un labrador o de un soldado que de un monje, y le había seguido a la capilla. Habían rezado vísperas* y luego, ya en la sala capitular, el abad Arnulf había hecho salir al centro a José y se lo había presentado a los hermanos.

—Deberías decirnos algo de lo sucedido en Córdoba, José. Servirá de meditación a los hermanos.

—No hay mucho que decir, señor. Yo era estudiante de las cuatro ciencias; mis maestros estaban muy satisfechos de mis progresos en aritmética y cálculo. Hubiese alcanzado la distinción al mejor alumno de este año; un compañero me envidiaba; él también progresaba y quería el premio y su padre me acusó de maldecir a Mahoma.

—¿Lo hiciste?

—No, señor. Nunca.

Un monje grueso y sonrosado, que había ejercido de sacristán durante el rezo, intervino:

—¿Y presumes de ello?

61

José se volvió con sorpresa:

—No presumo, sólo digo la verdad.

El abad aclaró:

—El hermano Hugo se extraña porque aquí no se censura un insulto a Mahoma, el infiel que Dios confunda.

José Ben Alvar levantó la cabeza con viveza.

—Perdonadme, señor. Soy un cristiano fiel, cristianos son mis padres y cristianos fueron mis antepasados. De mi familia era Álvaro, el gran amigo de nuestro santo mártir Eulogio, que también murió por nuestra fe. Hemos sido fieles al Señor en los buenos y en los malos tiempos; hemos soportado impuestos injustos y persecuciones. Yo he huido de mi tierra y de la casa de mi padre; he perdido mis estudios, mi casa, mis compañeros, todo lo que era mi vida. Lo he hecho por salvar mi vida, pero, si hubiese llegado la ocasión, estaba dispuesto a morir por mi fe. Como los otros cristianos que viven bajo el gobierno del Califa. El obispo Rezmundo puede garantizarlo. Sin embargo, debo deciros que Mahoma era un hombre justo que buscaba a Dios por otros caminos. No tuvo la gracia de la fe en Nuestro Señor Jesucristo, pero tenía buena voluntad. Dios nuestro Señor se lo habrá tenido en cuenta.

—Eso es una herejía.

José Ben Alvar inclinó la cabeza en una forzada cortesía hacia el monje y se dirigió a todos.

—Hermanos, allí en Córdoba las cosas son diferentes. No todos nuestros amigos o parientes llaman a Dios de la misma forma que nosotros, pero eso no significa que no sean buenos o que no los amemos. Nosotros defendemos nuestra fe con la mayor y más arriesgada fidelidad, pero tal vez sin mucha ciencia. Las cartas del papa no llegan con facilidad a aquellas tierras y nuestros obispos no tienen muchas oportunidades de acudir a sínodos con sus hermanos en la fe. Tampoco tenemos muchos monjes ni tantos monasterios como en el Norte.

El monje que había ayudado a José a acomodar su equipaje intervino:

—Has traído objetos mágicos desde Córdoba.

—No, hermano. Sólo algunos ábacos de arena y latino y otros instrumentos para observar las estrellas. Son herramientas de mi ciencia. Yo sé utilizarlos.

—Y libros llenos de signos diabólicos.

—Son libros en árabe. El alfabeto no es más que la representación de los sonidos de una lengua.

—Si esa lengua la hablan los servidores del diablo, sus signos conjurarán a su señor, el diablo —dijo el hermano Hugo, el sacristán.

—Cuando en Córdoba escribimos el padrenuestro en árabe, ¿lo hacemos con signos del diablo? —replicó José.

—Sí. Con los signos del diablo. Y es una grave herejía escribir el padrenuestro en árabe.

—Muchos de los nuestros apenas comprenden ya el latín. Cuando se dirigen al Señor, lo hacen en la lengua en la que hablan todos los días. Si yo tuviese más edad y sabiduría, preguntaría a los venerables monjes por la santidad de la lengua latina, que si bien es cierto que la hablaron muchos santos y mártires, también fue la lengua de los emperadores romanos que persiguieron hasta la muerte a los santos.

Un monje alto, de cara redonda y colorada y fuerte acento franco intervino:

—¿No es más importante rezar el padrenuestro que la lengua en que se reza?

El abad terció con suavidad:

—La lengua no es más que el instrumento con que el hombre se dirige a Dios, que domina y entiende todas las lenguas, porque Él conoce el interior de las personas. Hermanos, debemos brindar nuestra mejor hospitalidad a nuestro hermano José, que ha llegado a nuestra casa a causa de la persecución por la fe de Nuestro Señor Jesucristo.

Se levantó de su sitial para dar la bendición de despedida a los hermanos y José salió camino de la casa de huéspedes. Un muchacho algo mayor que él y que llevaba hábito de monje se emparejó con él.

—Me llamó Gerbert. ¿Me dejarás ver esos libros llenos de signos diabólicos?

* * *

Después de laudes,* los monjes salían a sus trabajos; la huerta, los campos y los animales ocupaban las horas de la mayor parte de los hermanos. Otros iban a la biblioteca a copiar página tras página de los viejos y valiosos códices, y los más fuertes ayudaban en la construcción. El rumor de las herramientas de los albañiles y los canteros que labraban los muros de la iglesia poblaba el ambiente y no dejaba olvidar que Santa María de Ripoll era un monasterio sin terminar.

El abad Arnulf esperó a que José saliese de la iglesia y se emparejó a su lado.

—Has rezado con mucha devoción.

José enrojeció.

—Tal vez, señor. Necesito aclarar mi vida y sólo Dios puede ayudarme.

—Llámame padre, José. Soy el abad. Debes confiar en que el Señor te está ayudando. ¿Conoces ya el monasterio?

—No, padre abad. Sólo he estado en el refectorio,* en la iglesia, en la sala y en la habitación de huéspedes.

—Ven, te lo enseñaré.

Arnulf le guio a través de las construcciones del monasterio. Le enseñó después la despensa, donde se guardaban los quesos, el pescado seco, las manzanas, la sal y la miel, el aceite y la harina para hacer el pan, que era el principal alimento de los monjes y de los servidores del monasterio.

Pasaron por las cocinas y los establos y José se sorprendió ante el gran número de caballos que se guardaban. Tres novicios estaban ocupados en limpiar los pesebres y cepillar los animales. Eran grandes animales, de mucha alzada y fuertes patas. Caballos de guerra, de gran valía. José preguntó:

—¿Para qué utilizáis estos animales? Son caballos de guerra.

Arnulf sonrió:

—Son los caballos del buen conde Borrell; los ha confiado al monasterio y nosotros los cuidamos.

—Pero veinticuatro grandes caballos de guerra deben consumir mucho forraje... es un gran gasto para el monasterio.

Arnulf le contempló sorprendido.

—¿Cómo sabes que hay veinticuatro caballos?

José contestó, casi sin pensar.

—Los he contado.

—¿Tan pronto?

José se sonrojó como siempre que le sorprendían en su habilidad.

—Sé contar muy rápido, padre abad.

Arnulf le contemplaba muy fijamente. De pronto llamó a uno de los novicios que ponían paja y grano en los pesebres limpios.

—Bernat, ¡ven!

El novicio dejó la horca que tenía en la mano y se acercó. Llevaba el hábito recogido en la cintura y enseñaba las piernas desnudas, calzadas con abarcas y bastante sucias.

—Decid, padre.

—¿Cuánto forraje necesita cada caballo para alimentarse?

Bernat miró pensativamente al abad.

—No lo sé, padre abad, unas veces más y otras menos. Depende del caballo.

—¿Cuánto pienso vas a colocar en cada pesebre?

El novicio se rascó la cabeza.

—Bueno, padre... depende del caballo. Pero si me pedís una cantidad... —levantó un dedo de una mano—, yo creo que un haz de paja y —levantó otro dedo y luego lo dobló por el segundo nudillo— y medio más. Y —volvió a levantar otro dedo y lo dobló de inmediato— otra media medida de grano, padre.

—Puedes irte, Bernat. Cumples muy bien tu tarea —alabó el abad.

La cara del novicio se iluminó con una sonrisa de satisfacción.

—Muchas gracias, padre.

Arnulf se volvió a José.

—¿Cuánto pienso necesitamos?

José sonrió. Le gustaban aquellas pruebas tan fáciles y que sorprendían a los que no conocían los números.

—Es sencillo, padre abad: treinta y seis haces de paja y doce medidas de grano. Aunque depende de los caballos —añadió un poco burlón.

Arnulf le contempló admirativamente.

—¡Dios te bendiga, hijo! En verdad sabes calcular muy bien. Vamos hacia la biblioteca...

Le condujo hasta la estancia dedicada a biblioteca; no era muy grande; la mayor parte de los armarios de recia madera oscura que cubrían las paredes estaban medio vacíos. En los pupitres, cinco monjes se afanaban en las tareas de la copia.

Arnulf paseó entre los copistas señalando a José los trabajos de alisado y pautado de pergaminos, los miniaturistas que iluminaban las viñetas y los calígrafos que trazaban las pesadas letras carolingias.* Y le presentó formalmente al monje alto de cara redonda que había intervenido en el capítulo.

—Éste es nuestro bibliotecario, el hermano Raúl. Le podrás ayudar en las copias de los volúmenes.

El hermano Raúl le saludó con una sonrisa y José inclinó la cabeza en reconocimiento.

El abad le llevó a una de las mesas de la sala de lectura, se sentó e indicó a José otro asiento.

—He leído las cartas de presentación del obispo Rezmundo. ¿Cuáles son tus planes?

José contempló al hombre fornido que gobernaba el monasterio, hasta resultar descortés. Los ojos de Arnulf eran afectuosos y sintió que se aliviaba su inquietud.

—No lo sé, padre abad. Tuve que salir de Córdoba en una noche; los proyectos de mi padre sobre mi vida se vieron cortados de raíz; mi hermano mayor se encargará de los negocios de mi padre. Yo estudiaría. Estaba contento con sus planes. ¡Me hubiera gustado tanto poder enseñar cálculo...! Poner al servicio de mis alumnos mi don, mi gran facilidad para los números. ¿Sabéis? —se sonrojó— Me llamaban Sidi Sifr, "el Señor del Cero". Me hubiera casado con una muchacha cristiana y hubiera criado a mis hijos. Todo muy bien planeado. Ahora... —extendió las manos en un ademán desolado— tengo que confesaros que estoy desconcertado.

—Rezmundo me escribe que escapaste antes de que se formalizase una acusación contra ti. Eso quiere decir que el gobernador de Tortosa no tiene orden de perseguirte. Según la ley de Córdoba, no has huido, sólo viajas. De todas formas, corres un riesgo; habría una buena solución: ¿has pensado en entrar a formar parte del monasterio?

—Alguna vez, padre. Pero no creo que Dios me llame para tanta perfección.

—Pero no puedes seguir siempre en la casa de huéspedes y tampoco debes estar como un siervo del monasterio. Tal vez como un postulante, o un converso o penitente... tendrías que seguir la vida y las oraciones de los monjes, pero si algún día deseas marcharte, podrías hacerlo. Siempre pueden ofrecerte ser el administrador o el secretario de un conde. Firmaríamos un pacto. Es un uso antiguo en los monasterios hispanos.

José miraba al suelo sin decidirse. Arnulf siguió:

—No te censuro porque no puedas decidir. Mientras tanto, podrías repasar las cuentas del monasterio, ayudar al despensero con los inventarios y —señaló con la mano al monje alto de cara redonda que se movía entre las mesas de los copistas— ayudar al hermano Raúl, que siempre necesita quien conozca bien las letras. ¡Ah! Y traducir esos libros árabes que has traído. Con eso recompensarías de forma cumplida nuestra hospitalidad.

—He traído conmigo los volúmenes del sabio Al-Kowarizmi sobre el cálculo de los números positivos y negativos, lo que él llama "alger".* Es lo que más he estudiado. También tengo copias de los libros de León el Hispano sobre la multiplicación y la división. Sé calcular con el cuadro árabe* en el ábaco de arena y con el ábaco latino.* También conozco la manera de construir esferas en las que estén representados todos los planetas.

Arnulf palmeó la espalda de José.

—¡Gracias, José Ben Alvar! Estoy seguro de que es Dios el que te ha conducido a este monasterio. Tenemos ya sesenta libros en nuestra biblioteca, pero, aparte de los libros religiosos, la mayor parte son de gramática, poesía y filosofía. Necesitamos libros de aritmética y astronomía. Tú nos los vas a proporcionar. También puedes escribir resúmenes de lo que tus maestros te enseñaron en Córdoba.

El abad se levantó de su asiento. Estaba contento.

—En este monasterio no opinamos como Mayeul, el abad de Cluny, ¡Dios le perdone!, que arranca con sus pro-

pias manos las páginas de los libros que tienen poesías de los antiguos autores latinos y que no admite en el monasterio más que los escritos de los Santos Padres.

Y ante el gesto asombrado de José continuó:

—En estas tierras, los libros son demasiado valiosos para romperlos —suspiró y dijo casi para sí mismo—, pero entre mis propios monjes, ya los has oído, hay algunos que mandarían quemar todo lo que no fuese la Biblia. Y no todo está escrito en la Biblia. En el Paraíso, ¿no sujetó Dios a todos los animales y a todas las cosas a la autoridad del hombre? ¿Y no debe el hombre progresar en el conocimiento y en las ciencias para ser mejor?

Y sin esperar respuesta, salió de la biblioteca y se fue hacia las obras donde los canteros tallaban los capiteles de las columnas de las nuevas naves de la iglesia.

* * *

Gerbert y José se refugiaron en la huerta, bajo un peral cargado de fruta todavía verde. Antes, y con permiso del hermano Raúl, se habían instalado en la sala de copistas contigua a la biblioteca, pero despertaron la curiosidad de los monjes que copiaban en los altos pupitres, que interrumpieron el trabajo y, además, José se encontraba muy incómodo en los bancos. Le habían dado una túnica oscura y, con el pelo corto, no se distinguía demasiado de los otros monjes.

En el suelo, sobre una piel tan delicadamente curtida que se doblaba como una tela, José extendió los libros de Al-Kowarizmi y un ábaco latino fabricado en madera con incrustaciones de nácar.

Gerbert lo acarició con mano de conocedor.

—¡Qué hermoso es!

José sonrió.

—Ya no es tan útil como hace un tiempo. Ahora se calcula mucho más aprisa con otros métodos.

Gerbert cambió de postura.

—Tú no estás cómodo en los bancos y a mí se me dislocan los huesos de las piernas de sentarme así. ¿Cómo puedes calcular tan deprisa?

—El Señor me ha concedido un don especial, pero de todas formas, en las tierras de lengua árabe se calcula mucho mejor y más deprisa. Su sistema numérico es mucho más útil.

—¿Cómo?

—Gerbert, escribe aquí mismo en el suelo el número cincuenta.

Con una ramita, Gerbert trazó la L que, en la numeración romana, significa el número cincuenta.

—En los números árabes, cincuenta se escribe así: 50.

Gerbert comentó:

—No veo la ventaja. Necesitas dos signos para lo que en los números de los antiguos romanos se necesita sólo uno.

José sonreía.

—¿Y el número quinientos?

Gerbert dibujó en el suelo la D. A su lado, José escribió: 500.

—Sigues escribiendo más signos que yo.

—Sí, Gerbert, pero son los mismos. ¿No te has fijado? Con sólo diez signos podemos escribir hasta el número más alto que se pueda imaginar. Y será un número diferente que no se confunde con otro. En la numeración romana hay que repetir los signos y cuando los números son altos, o se escriben con todas las letras o se depende en muchas ocasiones de subrayados que crean confusión. ¿Sabes la historia de la tacañería del emperador Tiberio?

Gerbert reía.

—No, ¡cuéntame!

—En el testamento de Livia, la madre del emperador Tiberio, había un legado para el general Galba. Livia mandaba que se entregase a Galba la cantidad de —escribió en el suelo— CCCCC sextercios. ¿De qué importe era la herencia de Galba, Gerbert?

—Es claro, cincuenta millones de sextercios. En los números de los antiguos romanos, el rectángulo abierto multiplica la cantidad por cien mil.

—Eso entendió también Galba, pero el escribano no lo había escrito a continuación con todas las letras y el emperador Tiberio no consideró los pequeños trazos verticales y sólo entregó a Galba quinientos mil sextercios, es decir, sólo se fijó en la barra superior que multiplica por mil. Dijo que lo escrito era $\overline{CCCCC}$ y que si Galba quería cincuenta millones de sextercios debía estar escrito así: $|\overline{CCCCC}|$.

Las risas de Gerbert y José levantaron ecos en el huerto.

—¿Cuáles son esos signos de los números árabes?

José escribió en el suelo, según iba recitando:

—Uno, dos, tres, cuatro, cinco, seis, siete, ocho, nueve, cero.

Gerbert estaba muy interesado.

—¿Cuál es el último signo?

—*Sifr*, cero, nada. Cuando no hay nada, el vacío, se representa con ese pequeño círculo. En los números romanos no existe.

José continuó:

—Mira, Gerbert, en este sistema el valor de un número depende de su posición. Esto no es descubrimiento árabe, sino indio. Hace muchos años que los indios han utilizado este sistema para hacer tanto la cuenta de las cosechas como los grandes cálculos del movimiento de las estrellas.

Gerbert se había olvidado de la incomodidad de su postura y del hormigueo de sus piernas.

—¿En qué sentido cambia el valor de un signo la posición que ocupa?

—Muy fácil. ¿Ves el 5? Así sólo significa 5 unidades. Si lo coloco en esta columna —y José lo desplazó a la izquierda— multiplica su valor por diez. Ahora significa 50 unidades. El cero lo colocamos para significar que no hay ninguna unidad, nada, *sifr*, ¿entiendes?

Gerbert era inteligente. No en vano había aprendido todo lo que enseñaban en su antiguo monasterio de Aurillac.

—¿Y cuando tiene que significar 52 en lugar de escribir *sifr*, escribes ese otro signo, el 2?

—¡Exacto! Ya lo has entendido. Escribe ahora 65.

Pasaron un buen rato en el que Gerbert escribió varios números en la tierra de la huerta para familiarizarse con aquel nuevo sistema que se basaba en la posición que ocupaban los signos en lugar del valor convenido a su figura. Los dos estaban tan entusiasmados que no sintieron llegar al sacristán, hasta que les interrumpió bruscamente.

—¡En el nombre del Padre, del Hijo y del Espíritu Santo! ¿Qué clase de magia infernal estáis haciendo?

José se levantó de un salto, sobresaltado. Gerbert tardó algo más; se le habían dormido las piernas.

—No es ninguna magia, hermano Hugo —dijo mientras que, con las faldas del hábito levantadas, se hacía cruces con saliva en las piernas—, sólo son números. ¿Veis el ábaco? Estamos sumando cantidades.

—¿Números? —se volvió a santiguar—. ¿Dónde están los números?

—Son números árabes, hermano Hugo. Son más útiles que los romanos y permiten calcular con más rapidez.

—¿Quién ha dicho eso? Toda la ciencia pagana es como un sucio recipiente del que salen toda clase de culebras y sabandijas. ¿Vamos a necesitar nosotros otra ciencia que la que utilizó nuestro padre san Benito?*

José no había hablado nada. Se había vuelto a inclinar y estaba guardando en su envoltorio de piel el ábaco y los volúmenes de Al-Kowarizmi. Gerbert hablaba al sacristán en la lengua de los francos y, a pesar de su parecido con el latín, José no comprendía bien todo lo que decían.

—En efecto, hermano Hugo. Y para encontrar el camino de la salvación no necesitamos ni siquiera la regla que nos propuso nuestro padre san Benito. Con los evangelios nos basta. Pero con los números árabes, el hermano despensero podría calcular más fácilmente las raciones de pan que necesita.

—¿Y qué ventaja tiene el poder calcular más fácil y deprisa las raciones de pan? El tiempo es del Señor y la ciencia de los herejes contamina su herejía. Ya que no habéis hecho caso de mi advertencia, hablaré de esto con el padre abad y los hermanos en el capítulo.

Se marchó a grandes pasos, aplastando los caballones de la huerta y tronchando las matas de judías.

Gerbert ayudó a José a terminar de recoger sus libros y sus instrumentos.

—No te preocupes, José. Sólo es una amenaza. El hermano Hugo es un buen hombre, pero tiene los prejuicios de algunos monjes de mi tierra —rio divertido—. Y es también la demostración de que un hombre gordo no es necesariamente un hombre afable.

—¿Por qué ese odio a la ciencia? ¿Qué tiene que ver la fidelidad a la fe con la poesía y las matemáticas? ¿No quiere el Señor que el hombre progrese? San Isidoro* fue uno de los hombres más sabios de su tiempo y san Eulogio y mi pariente san Álvaro escribían magníficos poemas latinos. ¡Y los dos fueron mártires por su fe! Y también sabemos que los antiguos Padres de la Iglesia conocían las lenguas y la filosofía de los sabios griegos. No lo comprendo; no conozco estas normas, Gerbert. En unos meses ha cambiado toda mi vida y extraño este ambiente tanto como... —sonrió al ver que Gerbert volvía a brincar sobre un pie para que la sangre volviese a circular por sus piernas— las sillas tan duras que utilizáis para sentaros.

—¡Vosotros debéis de tener los huesos más blandos que los demás hombres! —bromeó Gerbert—. Mira, José Ben Alvar, no debes esperar que un piadoso monje franco, no muy culto pero bastante fanático, que ha llegado a sacristán porque comprende las letras lo suficiente para leer las lecturas en los oficios, conozca los escritos de los Santos Padres o a vuestro san Eulogio.

—Pero tú eres franco, Gerbert.

—¡Oh, bueno! Yo he nacido en Aquitania, que no es lo mismo; y además, no todos los francos somos iguales; el hermano Raúl es el bibliotecario y el hermano Hugo, el sacristán; los dos son francos, pero cada hombre es un mundo; ¿no te lo enseñaron en filosofía?

Aquella noche, después de vísperas, a la luz de una vela de sebo, José Ben Alvar escribió otra carta a su padre. Le contaba que estaba bien y cómo era el monasterio y los monjes. Sabía que Ibn Rezi la leería. El obispo Rezmundo se encargaría de llevársela, pero no creía que tuviese mucha utilidad.

VII. Un nuevo monje

Septiembre del 968
(357 de la Hégira para el islam)

La fiesta del fin del ayuno de las témporas* de otoño se
celebró aquel año en Santa María de Ripoll. Antes de comen-
zar el tiempo de penitencia del Adviento,* los monjes ce-
lebraban un día de fiesta en alguno de los monasterios.
Rezaban unidos, comían juntos y en silencio en el refectorio
y tenían un rato de recreo en el que charlaban y se transmi-
tían noticias, mientras los abades se reunían y trataban
de los temas religiosos y políticos que afectaban a todos
los monasterios. Luego, los monjes regresaban caminando
en largas filas por el borde de los senderos, con el pequeño
hato al hombro y en ocasiones cantando salmos. Así, los
campesinos sabían que no estaban solos y que los monjes
eran numerosos y rezaban a Dios por ellos. A veces se ce-
lebraban ordenaciones de nuevos sacerdotes y, delante de
todos, se admitía a los novicios, hacían sus votos los monjes y se nombraban despenseros, sacristanes y en ocasiones hasta abades.

Por eso, el abad Arnulf decidió que la admisión de José Ben Alvar se hiciese públicamente en esta fiesta.

Al final del verano, José entregó al abad la traducción de uno de los pergaminos que se había traído de Córdoba con los fundamentos del sistema de numeración árabe.

El abad ojeó el volumen escrito en limpia caligrafía latina y observó los perfiles de las letras, más finos, menos adornados, en blanco y negro, sin colores.

—No has puesto colores —observó.

—En Córdoba lo hacemos así —dijo José—. También se sorprendió el hermano Raúl. Me ha ayudado mucho.

—Los números siguen estando en árabe —comentó mientras pasaba las páginas.

—No he encontrado forma de escribirlos en latín, padre abad. Pero los árabes tampoco los escribieron en su idioma; sólo los adaptaron. Estos signos son indios en su origen.

—Has hecho un buen trabajo; me tendrás que explicar cómo se utilizan esos números, José.

—El hermano Hugo y otros monjes no estarán de acuerdo.

—A veces los prejuicios no dejan pensar con claridad. Pero yo soy el abad.

Arnulf dejó el volumen en una mesa.

—¿Has decidido algo sobre entrar en el monasterio?

—Sigo estando confundido, padre. Me desconciertan las costumbres... la forma de entenderse... Todo ha cambiado mucho en muy poco tiempo y no tengo la calma necesaria para decidir sobre mi vida, pero si este compromiso es temporal... estoy dispuesto a aceptarlo. Vos habéis sido muy bueno conmigo. Os puedo confiar mi destino y... mis bienes. Mi padre me entregó dinero.

Arnulf asintió.

—No he hecho más que cumplir con mi deber, José; yo guardaré tu dinero y te protegeré con la ayuda de Dios. En el monasterio puedes reflexionar con calma y decidir qué es lo que deseas hacer. Creo que la tuya es una buena decisión.

Dos días después, José hizo entrega formal de su bolsa de monedas, sus libros, sus pergaminos y sus instrumentos al abad Arnulf —que se los devolvió de inmediato para que siguiese trabajando—, escribió a su padre lo que había decidido y con la ayuda del hermano Hugo, el sacristán, se preparó para la ceremonia.

* * *

Desde la hora de maitines* habían comenzado a llegar los monjes de los otros monasterios. Una larga procesión con antorchas que palidecían según aumentaba la luz del alba. Los monjes de Ripoll los recibían en la puerta también con antorchas encendidas, cantando los salmos que correspondían al oficio. Como no había concluido el ayuno, los acompañaban al sitio que les habían preparado en la iglesia.

También acudieron las monjas de Sant Joan, que ocuparon un lugar en el coro, bien cubiertas con sus velos, mientras unían sus voces a las de los monjes.

José entró en la iglesia algo temeroso; sentía el estómago encogido y no era por no haber comido desde veinte horas antes. Creía que su decisión era buena en ese momento, pero no estaba seguro de querer ser monje para siempre. Le habían vestido la túnica de lana negra de los monjes sujeta a la cintura con una cuerda de nudos que servía de cinturón y se sentía extraño con aquellas ropas.

Recitaron los salmos en dos coros y todos tomaron asiento para escuchar las largas lecturas de los profetas. A la hora de tercia,* el abad Arnulf comenzó la misa. Antes de la comunión hizo un gesto y el hermano Hugo como sacristán y Gerbert como diácono* acompañaron a José ante el altar.

Arnulf levantó la voz de forma que resonase en toda la iglesia:

—¿Qué deseas, hermano?

José respondió según le habían enseñado; su acento cordobés destacaba más que nunca en su pronunciación del latín.

—Quiero buscar la virtud y prometo la conversión de mis costumbres y de mi vida.

Arnulf se acercó a José y el sacristán le presentó la bandeja con las tijeras y una navaja. José se arrodilló e inclinó la cabeza y el abad le cortó el pelo de la coronilla en un amplio círculo. Luego repasó con la navaja para eliminar los pelos más cortos; retiró el pelo cortado con un paño limpio y le puso el manto redondo con un agujero en el centro para pasar la cabeza, que cubría todo el cuerpo, y tan ancho que había que recogerlo para sacar los brazos por el borde inferior. Luego le colocó la gran capucha con esclavina* que llamaban cogulla. A continuación le dio la comunión el primero de todos, antes que a los otros abades y monjes.

Terminada la misa, mientras todos cantaban los salmos de acción de gracias, Arnulf acompañó a José a su lugar en la iglesia junto a los otros monjes de Ripoll. Allí le presentó el pacto que firmaban todos los monjes y José estampó su nombre. Tuvo que hacer un esfuerzo para vencer su resistencia interior a escribir en latín y con letras latinas.

Todos los monjes lo abrazaron en señal de acogida. Luego volvió al altar, acompañado ahora del abad y de Gerbert, y entonó el himno:

—Recíbeme, Señor...

De reojo percibió la sonrisa de Gerbert. Su forma de cantar tenía el ritmo musical de los monasterios de su tierra.

* * *

Tras la comida, los abades y la abadesa de Sant Joan se reunieron en la sala del capítulo y los monjes se desperdigaron por la abadía. Era un rato de encuentro entre todos los moradores de monasterios que los monjes aprovechaban con alegría.

José se escabulló de la curiosidad de los monjes de los otros monasterios y se dirigió a la huerta, hacia el peral, ahora huérfano de fruta, bajo el que había enseñado a Gerbert los números árabes. Era su sitio favorito en el monasterio. Una punzante nostalgia se le clavaba en el alma; estaba seguro de haber tomado la mejor decisión, pero los recuerdos de Córdoba y de su familia le llenaban por entero. En aquella hora su madre se afanaría en la cocina, dirigiendo la preparación de la comida del mediodía. Hasta le parecía sentir la mezcla de los aromas del cordero asado, el té con hierbabuena, el arroz hervido y los pasteles de canela, el rumor de la charla de las criadas y la luz del sol de otoño, todavía fuerte y caliente, filtrándose por las celosías.

—Enhorabuena, José; ya tenéis un puesto en el monasterio.

José levantó la vista sobresaltado. Emma estaba delante de él, sonriente, rompiendo el hechizo de los recuerdos.

—Gracias, mi señora —respondió cortés, mirando al suelo.

—¿Cómo os encontráis?

—Bien, mi señora; todos son muy amables conmigo.

—¿Seguro? No parecéis muy feliz; estabais más alegre cuando me explicabais el problema de las perlas.

José levantó la cara enojado. Le disgustaba que le acorralasen así.

—Perdonad, señora. Tengo nostalgia de mi tierra; algunas cosas me sorprenden todavía.

—No olvidéis que la vida de los monjes es vida de penitencia; eso es lo que se busca en un monasterio.

José se sentía cada vez más irritado. Le molestaba el tono de reprimenda de Emma.

—También en los monasterios de mi tierra se hace penitencia. No me molestan los ayunos, las largas oraciones o el sueño interrumpido; son... otras cosas. Los asientos tan altos y tan duros, la comida, las ropas, la poca limpieza, el odio y la desconfianza de algunos hacia la ciencia... ¡Hasta las oraciones son distintas! —terminó con amargura.

Emma había cambiado de expresión y estaba seria ahora, con uno de los rápidos cambios de humor que ya advirtiera José. Su voz expresaba simpatía:

—Os acostumbraréis, José Ben Alvar. Ha sido un cambio muy brusco para vos, pero sólo lleváis unos meses, no es todo tan distinto. Los primeros tiempos todos recordamos nuestras casas y a nuestras familias.

José contempló sorprendido los ojos asombrosamente verdes de Emma llenos de lágrimas. Se inclinó en una zalema profunda, al estilo de su tierra.

—Señora, hágase sobre todos nosotros la voluntad de Dios.

Se fue casi huyendo; no soportaba más la conversación. Quería encontrar en aquel monasterio tan grande un lugar solitario donde poder llorar a solas.

La campana llamaba a los monjes visitantes para que se prepararan a marchar.

VIII. Las preocupaciones de Emma

Noviembre del 968
(357 de la Hégira para el islam)

En la biblioteca comenzaba a faltar la luz. De pie ante uno de los altos pupitres, José traducía al latín su preciado volumen árabe de Al-Kowarizmi. Había estado sentado en una de las mesas pero, aunque llevaba ya cinco meses en el monasterio, le seguían resultando terriblemente incómodos los asientos de madera. Mas desde que el hermano Hugo le había reprochado como poco cristiana su costumbre de sentarse en el suelo, no se atrevía a hacerlo delante de los otros monjes. Con la ayuda del hermano Raúl, la biblioteca había sido su refugio durante aquellos meses. Había tenido a su disposición todos los volúmenes del monasterio, y uno de los monjes copiaba en exquisitas páginas miniadas las traducciones de José.

José había conseguido adaptarse a la rutina del monasterio. Las horas de rezo marcaban la jornada y todas las tareas se sujetaban a ellas. Entre los rezos, José traducía sus libros árabes y enseñaba a Gerbert y a un novicio, Ferrán, a multiplicar por el método árabe del cuadro en lugar de por sumas sucesivas como los romanos. También tomaba notas de sus explicaciones y el hermano Raúl las guardaba en la biblioteca. Tal vez pudiese hacer un cuaderno de instrucciones de cálculo para otros monjes.

En ese momento Ferrán entró en la biblioteca y, sin romper el silencio, por señas, indicó a José que deseaba hablar con él.

Ferrán tendría catorce años y el aire desgarbado de un potrillo. Era, como Gerbert había sido en su monasterio de Aurillac, un donado; es decir, un niño al que sus padres habían entregado al monasterio para que los monjes lo criasen y luego fuese también monje. Era inteligente y pícaro; su hogar era el monasterio; estudiaba con el maestro de novicios y con el abad y era el perfecto y exacto monaguillo de todas las celebraciones. Siempre tenía hambre y conocía todos los rincones y todos los pasillos; sabía la mejor manera de tomar, sin ser visto, las manzanas ya maduras de los árboles de la huerta o el pan de la despensa y de dormir en la iglesia, durante los oficios, sin que se diese cuenta el hermano celador.* Tenía facilidad para el cálculo y servía de enlace entre el abad y el maestro constructor de la iglesia. Cuando descubrió que José enseñaba a Gerbert los números árabes, pidió permiso al abad y se añadió al grupo sin preguntar si era bien recibido. Aprendió rápidamente, sin las resistencias intelectuales que a veces paralizaban a Gerbert, y José simpatizaba con él.

89

José intentaba que comprendieran el sencillo sistema de numeración que los árabes habían copiado de los matemáticos de la India y que permitía efectuar los cálculos mucho más deprisa, pero Gerbert seguía aferrado al uso del ábaco latino y tenía mucha dificultad para comprender el concepto de ausencia de cosas, de vacío, que los árabes conocían con el signo cero, *sifr*.

José limpió y recogió la pluma que estaba usando y salió. Ferrán le susurró:

—Hay un mensaje para ti, hermano José.

—¿Un mensaje?

—Una monja de Sant Joan te espera en la portería.

José salió a la portería donde una monja, ya mayor, charlaba con el portero y con el hermano despensero delante de una torre de quesos.

—Buenos días, hermana —saludó José—. Yo soy José Ben Alvar.

—Que Dios os guíe, hermano José —respondió la monja hablando muy deprisa—; tenía que traeros estos quesos, ¿sabéis?; ya los probaréis en la cena. Los hermanos ya los conocen; nuestros quesos tienen fama en toda la región; ordeñamos a las ovejas siempre a la misma hora, lo que da al queso un sabor especial más delicado que no tienen los quesos hechos con leche de distintos ordeños. Bueno, pues como tenía que venir, la hermana Emma, con permiso de la abadesa, por supuesto, me encargó que os dijese que tenía un mensaje urgente para vos y que os lo debía dar en persona.

* * *

La monja debía pasar ya de los cuarenta y cinco años y el nacimiento del pelo que se le veía a pesar de la toca era más gris que negro, pero tenía las piernas fuertes y acostumbradas al ejercicio y, mientras bromeaba con Ferrán, caminaba a buen paso por los senderos del bosque que evidentemente conocía muy bien. Detrás de ellos, camino del monasterio de Sant Joan, José jadeaba un poco y su aliento formaba una nube blanca delante de él. Había pedido permiso al abad Arnulf, que había reflexionado un momento antes de acceder.

—¿La hermana Emma? ¿Y qué puede querer la hermana del conde Guillem Tallaferro de un recién llegado? ¿La conoces?

—He hablado en dos ocasiones con ella.

—¿Y sólo por una charla en dos ocasiones tiene un mensaje urgente para ti? ¿De quién es ese mensaje? ¿Por qué ha llegado a Sant Joan y no aquí? ¿Por qué tiene que decírtelo en persona? ¿Por qué no manda un recado escrito? Son demasiadas preguntas sin respuesta. Ve a ver qué quiere la hermana Emma y dímelo después; puede ser importante para todos. Espera. Tal vez no convenga que nadie conozca que existe ese mensaje. Llevarás un escrito mío a la abadesa Adelaida. Eso justificará tu viaje. Que te acompañe Ferrán.

Cuando llegaron a la puerta de Sant Joan, José estaba bañado en sudor a pesar del frío. Ferrán le contemplaba un poco burlón mientras la monja saludaba a la portera y recomendaba:

—Hermana, dadle un poco de agua al hermano José, que viene acalorado. Trae un escrito de su abad para la madre abadesa, pero no podrá entregarlo hasta que recobre el aliento.

Se volvió a los dos monjes y dijo en voz baja:

—Yo avisaré a la hermana Emma.

José bebió ansiosamente el cuenco de agua fresca y luego, un tanto avergonzado, se lo cedió a Ferrán, que reía.

—¿Es más fácil jugar con los números que andar por el bosque?

José rio también.

—Para mí, sí. Pero aprenderé a andar por el bosque igual que aprendí los números.

Emma apareció en la portería. Saludó con una inclinación de cabeza y dijo:

—Seguidme. Os llevaré con la abadesa.

José y Ferrán se inclinaron ante la abadesa Adelaida, que leyó ante ellos la carta del abad Arnulf.

—Vuestro abad desea saber si las hermanas de Sant Joan pueden hilar y tejer el vellón de vuestras ovejas. Decidle que si está dispuesto a pagar por ello, el monasterio de Sant Joan puede aprovisionar de tejidos al monasterio de Santa María. Consultaré con la hermana del ropero para informarle de las cantidades precisas. Hermana Emma, dad de comer a nuestros hermanos mientras preparo la respuesta —colocó una mano en el hombro de Emma—. Es sobrina nieta mía, así que es mi novicia favorita; Dios me perdonará este pecado.

Se inclinaron y Emma los precedió por el claustro hasta el comedor de huéspedes y les sirvió queso y pan. Luego contempló dudosa a Ferrer.

—Tengo que hablar con vos, José Ben Alvar.

José se levantó de la mesa.

—No tengo hambre.

Ferrán hizo un gesto con la mano; tenía la boca llena. Emma y José salieron al claustro.

—La abadesa Adelaida —comenzó— ha tenido noticias de Aymeric, el arzobispo de Narbona. El rey Lotario quiere enviar un mensaje de amistad al Califa.

—Eso es una buena noticia —dijo cauteloso José—, la paz entre los reyes trae siempre beneficios.

Emma se sentó en uno de los asientos de piedra, junto a la pared. Hacía frío.

—El arzobispo de Narbona tiene autoridad sobre estos monasterios que pertenecen a su arquidiócesis. El rey Lotario ha encargado al arzobispo, tal vez a sugerencia del mismo arzobispo, que prepare los obsequios que acompañarán el mensaje al Califa.

José, de pie ante la monja, observaba su inquietud y su perceptible angustia.

—¿Y qué?

—Los obsequios se recaudarán en los condados catalanes. Es como la respuesta por la embajada que los condes enviaron hace dos años. El rey Lotario no puede demostrar su irritación hacia el conde Borrell por haber pactado con el Califa por su cuenta, ya que el conde es demasiado poderoso; así pues, le obliga a un tributo extraordinario: los regalos para el Califa.

José no entendía en qué le afectaba aquello, ni por qué le temblaba la voz a Emma.

—Mi señora, se os ve muy preocupada. Me habéis llamado. No sé para qué. Las noticias políticas no importan en este momento. Decidme en qué os puedo ayudar.

Emma golpeó el suelo con el pie, irritada.

—Dejadme hablar, José Ben Alvar. Si no comprendéis bien, esta entrevista no servirá de nada. Los condados catalanes son fortalezas que guardan la frontera meridional del reino franco. En tiempos del gran emperador Carlos, los condes eran gobernadores enviados por la corte. Mi tatarabuelo, el conde Guifré, consiguió que sus hijos heredasen el condado. Ya no dependían del nombramiento del rey de los francos. Ya no podían desposeerles del condado, según la conveniencia, la política o el humor del rey. Eso les dio una gran autonomía. Los hijos y los nietos del tatarabuelo Guifré han aumentado esa autonomía; han luchado contra los ejércitos de los gobernadores árabes de Lérida y Tortosa, han poblado la tierra, han fundado monasterios,

concertado alianzas y rendido homenaje al Califa. Han actuado, en suma, como señores independientes y dueños de la tierra. Pero su señor natural es el rey de los francos. Y al rey Lotario, esa actitud, aunque no es lo suficientemente fuerte para evitarla, no le agrada. Le gustaría que le rindiesen un vasallaje efectivo. Que si todos nuestros documentos se encabezan: "*Christo imperante, rei Lotarius regnante...*" fuese verdad que Nuestro Señor Jesucristo impera y nuestro rey Lotario reina y que su política es la política de nuestros condes.

José ya conocía todo aquello. Se lo había explicado Ibn Rezi. Pero no se lo iba a decir. Preguntó:

—¿Y por qué es el arzobispo de Narbona el encargado de recaudar el tributo?

—Los monasterios de Sant Joan y de Santa María están liberados del dominio de condes y reyes. Sólo dependen de Dios y del papa. El arzobispo es el representante del papa. Ejerce jurisdicción sobre Arnulf y todos los otros obispos catalanes. Al arzobispo de Narbona no se le puede negar lo que pida.

Hizo una pausa, José preguntó:

—¿Y tanto representan esos regalos? ¿Qué pueden entregar los monasterios? ¿El vellón de todas esas ovejas que ya no podrán hilar las monjas de Sant Joan?

—No es tema de burla, José. Si el rey Lotario envía al Califa la lana de las ovejas de la alta Cataluña, traerá la pobreza a los condados que comercian con la lana. Pero es que además alguno de sus consejeros ha sugerido al rey Lotario otro obsequio más personal. El arzobispo viene acompañado de hombres de armas del rey que apresarán a todos los hombres, mujeres y niños que han huido de las tierras de los árabes y los entregarán al Califa. Y eso sí os afecta.

José entendió de golpe la urgencia del recado de Emma. Él había escapado de Córdoba. Y el arzobispo podía devolverlo a Córdoba en una comitiva de esclavos.

Expresó su duda:

—¿Me delataría el abad Arnulf? Yo traía cartas de recomendación de mi obispo.

Emma se encogió de hombros.

—Arnulf tal vez os proteja. Él es catalán. Pero hay monjes francos en el monasterio. ¿Podéis estar seguro de que alguno de ellos no os delate?

José, sin contestar, se acercó a la fuente que corría en el centro del jardín interior del claustro y se mojó las manos y la cara. El agua estaba helada, pero él sentía calor. Se secó con uno de aquellos pañuelos de tela fina que escandalizaban al hermano Hugo y volvió a donde le esperaba Emma. La angustia y el miedo eran visibles en sus ojos verdes y la palidez de su cara hacía resaltar las pecas como motas sobre un cuenco de leche.

—¿Por qué os preocupáis tanto por un cordobés que sólo habéis visto dos veces en vuestra vida?

Emma alzó las manos para dejarlas caer de nuevo sobre su regazo.

—No sé cómo explicaros el resto; no sois vos el único implicado; además de los fugitivos, de los vellones de lana y de las espadas francas, el rey Lotario quiere enviar un obsequio especial y único: cinco doncellas, escogidas entre las hijas de los condes, para el harén del Califa.

—¿Entre las hijas de los condes? —repitió José—. ¿Y los condes van a estar de acuerdo?

Emma se encogió de hombros con desolación.

—Depende... depende de qué hija y de qué conde. En ocasiones una hija es un estorbo y un gasto; hay que darle una dote, casarla con alguien de la nobleza porque un matrimonio desigual deshonra a la familia... y si la esposa del conde no es su madre... y si los padres han muerto... si es hija de otra mujer anterior... Incluso puede traer ventajas políticas un matrimonio con un noble cordobés. Mi hermano Guillem está muy ocupado con sus tierras y su esposa; se sintió muy contento de que yo entrara en Sant Joan; se sentirá igual de satisfecho de tenerme en el harén del Califa. Y otros condes que os podría decir pensarán igual que mi hermano.

—¿Vos...? —José no se atrevía a terminar la frase.

—Sí. Yo he sido escogida entre las cinco. Por eso me advirtió la abadesa Adelaida —los ojos se le llenaron al fin de lágrimas—, ¡y yo que no quería casarme!

José comprendió. Para buena parte de las jóvenes cordobesas, sobre todo las de religión musulmana, el pertenecer al harén del Califa no era ningún castigo, pero para Emma, cristiana, catalana y monja, era terrible.

—En los harenes de Córdoba no se maltrata a las mujeres y, por lo que he visto aquí, los hombres de Córdoba son más gentiles y educados con sus mujeres que los del Norte y las casas son más cómodas y se disfruta de más lujos; pero... aunque el rey de los francos os entregue al Califa, eso no quiere decir que os quedéis en su harén. A veces el Señor de los Creyentes regala alguna mujer a sus visires, sus ministros o sus amigos. Iríais al harén de alguno de esos señores, pero no podríais ser la primera mujer porque ninguna cristiana lo es.

—¿Los cristianos en Córdoba tienen también varias mujeres?

—No, por supuesto; pero tampoco todos los seguidores de Mahoma las tienen. Sólo los hombres ricos pueden mantener más de una mujer; claro que siempre están los que se casan con mujeres ricas que aportan ellas los bienes.

Las lágrimas desbordaron los ojos de Emma y rodaron cara abajo hasta parar en la toca.

—¡No quiero ser la esclava de un visir del Califa!

—¿Y qué vais a hacer?

Emma se secó los ojos.

—No sé, tengo hasta la primavera. Mis votos son todavía temporales, ¡ni siquiera eso me protege! La abadesa Adelaida me dejaría marchar antes de que los hombres del arzobispo llegasen al monasterio. Pero, ¿adónde voy? Mi hermano no se opondrá al rey Lotario y no creo que el conde Borrell, que era primo de mi madre, quiera indisponerse con su señor y con mi hermano dándome asilo. El rey podría pedirle a su hermana en mi lugar, ya que él está recién casado y todavía no tiene hijos. Los otros condes ni siquiera son mis parientes. ¿Por qué me iban a proteger?

Escondió la cara entre las manos. Los últimos rayos del sol poniente convertían en fuego los rizos color de cobre que se escapaban de la toca. Las lágrimas le resbalaban entre los dedos; lloraba sin sollozos, como si la angustia y el miedo le rebosasen por los ojos. José no sabía cómo tranquilizarla; le conmovía el valor con que enfrentaba su problema y que hubiese pensado en él y en el riesgo que corría. Se sentó a su lado y le rodeó los hombros con el brazo. Sentía deseos de decirle que no se preocupase, que él la salvaría, pero aquél no era su país, y él también estaba en peligro. No sabía ni ayudarla ni ayudarse.

Así los encontró Ferrán, cuando después de haber terminado con todo el pan y el queso, salió a la fuente a buscar un sorbo de agua para poder tragar.

IX. Intermedio

Noviembre-diciembre del 968

No pudo dormir; dio vueltas en su cama en una esquina del dormitorio de los monjes, procurando no hacer ruido para no despertar a los compañeros; fuera, silbaba la ventisca que cubría de nieve el monasterio. Habían regresado al monasterio después de las vísperas y no había podido hablar con el abad. Durante mucho rato estuvo con los ojos abiertos en la semioscuridad de la habitación mientras intentaba evaluar las noticias que le había dado Emma. Si le devolvían a Córdoba confiaba en que el cadí Ibn Rezi encontrara algún modo de liberarlo, ya que no había ninguna sentencia en contra de él, pero siempre perduraría la primitiva acusación por los supuestos insultos a Mahoma y le volverían a juzgar. Y antes de eso, aquellos hombres del Norte lo habrían tratado como a un esclavo durante meses. ¿Y Emma? ¿A quién se le ocurriría aquella idea loca de enviar cinco doncellas de las casas condales para el harén del Califa? ¡Como si estuviesen en los tiempos antiguos! ¡Al Califa le sobraban las mujeres! ¿A quién podría pedir ayuda? Estaba en tierra extraña y no sabía quién era amigo y quién enemigo. Quién estaba en favor del rey Lotario y quién en favor de los condes. ¿Gerbert? ¿El abad? ¿Ferrán? ¡Y qué más daba! Emma estaba en su tierra, era hermana del conde Guillem y pertenecía a la familia del conde Borrell y estaba atrapada en la misma red.

La llamada a maitines le sorprendió en un estado de duermevela. Bajó a la capilla, pero no atendió a las oraciones. Su cabeza estaba en otro sitio. Quería implorar la protección de Dios, pero las viejas palabras de la liturgia resbalaban sobre su preocupación.

Luego, volvió a echarse en su cama y entonces sí cayó en una especie de sueño intranquilo del que le despertó Ferrán entre las risas de los demás novicios que se burlaban de su pereza.

Tras los laudes y el desayuno, José se dirigió a la biblioteca, pero tampoco consiguió concentrarse y la traducción de su libro no avanzó apenas. Allí le encontró Gerbert, que llevaba dos días intentando resolver el problema de la sarta de perlas, el que le había recitado a Emma el día que la encontró en la huerta de Sant Joan.

Gerbert traía su ábaco. Aunque ya comprendía los números árabes, seguía aferrado al ábaco, que había modificado, de forma que cada bola representase el valor de un número árabe en lugar de poner tantas bolas como unidades. Era mucho más rápido que el antiguo sistema, pero más lento que la forma de calcular de José.

Le enseñó su tablilla llena de números tachados.

—José, no encuentro la solución al problema.

—Es porque no conoces bien las fracciones y el cálculo con el ábaco es muy lento.

Gerbert levantó la vista de la tablilla y contempló el rostro desencajado de José.

—Pero, ¿qué te pasa? ¡Estás tan pálido que pareces verde! ¡Cuéntamelo ahora mismo!

Gerbert había nacido en Aquitania, en el reino franco, y parecía amigo. José ya no sabía en quién confiar y estaba demasiado preocupado para defenderse.

—Te contaré. Vamos al claustro.

Salieron al claustro barrido por un viento helado y buscaron un rincón resguardado y sin nieve para hablar. Allí, Gerbert escuchó en silencio la narración de José. Luego guardó silencio.

—¿No dices nada?

—No sé qué decir. Es claro que tú como Emma y las otras muchachas estáis metidos en un asunto político que está por encima de vosotros. Lotario quiere hacer sentir a los condes que él es rey, y alguien le ha sugerido la forma de conseguirlo. Va a humillar a los condes y arruinará a señores, monasterios y payeses. Tendrán que entregar la lana a Lotario, pero eso no les evitará pagar también al gobernador de Lleida el tributo que establecieron con Al-Hakam en Córdoba. ¿Comprendes? Y si no pagan lo comprometido a tu Califa, los gobernadores de Tortosa y de Lleida ordenarán la guerra para cobrarse en saqueos. De todas formas están arruinados. El rey Lotario espera que recuerden de esta forma que él es su señor y sólo a él le deben vasallaje.

—¿Y las doncellas para el harén del Califa y los refugiados que piensan obligar a volver?

—La entrega de las hijas humilla a los parientes, José. Y los mozárabes que se verán obligados a regresar, son manos que trabajan bien y que ya no repoblarán nuevas tierras en la frontera. Eso también corta las alas a los condes que quieren volar demasiado alto. Si tú te vas, ¿quién traducirá los libros de matemáticas para Ripoll? Si se va el maestro albañil, que también es mozárabe, ¿quién dirigirá las cuadrillas de trabajadores que construyen la iglesia? Pero ni las matemáticas ni las iglesias en construcción importan nada al rey Lotario. Todo forma parte de la misma política: fortalecer su poder, ya bastante menguado por la insubordinación de los barones francos.

—No hago más que pensar. ¿Qué se puede hacer? ¿Y Emma? ¡No vamos a esperar a que vengan a apresarnos!

Gerbert sonrió ante la naturalidad con que José unía su suerte a la de Emma.

—José, tú eres un mozárabe cordobés y no tienes todavía veinte años. Yo sólo soy un monje de San Benito y no tengo muchos años. No conocemos este difícil juego en que te han atrapado. Necesitamos a alguien que lleve muchos años jugándolo. ¡Vamos a hablar con el abad!

* * *

Arnulf los recibió en su celda.

—Estaba esperando que me dijeras cuál era ese mensaje urgente.

Los escuchó atentamente. Luego juntó sus grandes manos.

—¡Qué poca cosa somos, hijos! ¡Pobres pecadores necesitados del perdón de Dios! Adelaida, la abadesa de Sant Joan, no se atreve a comunicarme las noticias que ha recibido por miedo a que se sepa que ha hablado. Avisa a la pobre Emma, porque es su sobrina nieta y consiente que hable contigo, pero no la defenderá de los hombres del arzobispo. Y Guillem Tallaferro dejará que su hermana acabe en el harén del Califa porque necesita ganar prestigio en la corte. Y los parientes de las otras muchachas, ¿las dejarán marchar? ¡Quizá piensan que ganarán un apoyo político en Córdoba! Ya se hizo antes; por las venas de tu Califa corre sangre navarra. Tú no tienes por qué preocuparte, José. Nadie te sacará de Santa María de Ripoll. No eres un refugiado mozárabe. Eres un postulante de este monasterio y yo soy el abad. Y el resto... Antes de que la nieve cierre los pasos de las montañas, enviaré mensajes al obispo Ató, de Vic, y a Garí, el abad de San Cugat. Luego pediremos audiencia a los condes. Si saben lo que se prepara, utilizarán toda su influencia y todo su poder. Mientras tanto, rezad; Dios, nuestro Señor, aborrece las injusticias y se pone de parte del débil.

* * *

La anciana Adelaida estaba sentada de espaldas a la ventana para que la luz diese en el pergamino que tenía en la mano cuando Emma entró en la estancia.

—¿Me habéis llamado, madre abadesa?

—Mis ojos están más viejos que yo, hija. Y no quiero que mi secretaria conozca este mensaje que acaba de llegar —le tendió el pergamino—. Lee, Emma.

Emma leyó:

—*En el nombre de la Santísima Trinidad, yo, Arnulf, abad del monasterio de Santa María en Ripoll, os convoco a vosotros, hermanos en Nuestro Señor Jesucristo, para orar y hacer penitencia juntos en este Adviento, implorando a Dios por la salvación de nuestra alma y por todos los pecadores y también por la salud y la prosperidad de nuestros señores los condes y nuestro señor el rey Lotario. Alabado sea Dios.*

Devolvió el pergamino a la abadesa y quedó en silencio. Adelaida dijo:

—Como has visto, Arnulf me envía una copia de la carta que ha escrito a los otros abades. Se van a reunir a rezar. De algo hablarán cuando no recen. Tu amigo, el mozárabe, ha actuado bien. Tu asunto sigue el único camino posible. ¡Que Dios les ayude!

—¿Creéis que ha sido José Ben Alvar?

—Yo no he hablado con el abad Arnulf, Emma. Luego ha sido ese muchacho mozárabe el que ha movido todo esto.

—¿Por mí?

La abadesa contemplaba escrutadoramente a Emma. Sus ojos oscuros, enterrados entre arrugas, no parpadeaban.

—Por ti y por él. No olvides que a él le devolverán a Córdoba.

—Si le encuentran. Él no corre tanto peligro, no le conocen; a mí me tienen señalada —añadió, pensativa—. Nadie se había preocupado tanto por mí.

La abadesa levantó una mano blanca y huesuda.

—¡Cuidado, Emma! Soy vieja y puedo leer los pensamientos de una chica como tú. Ya sé que has sido una niña solitaria y huérfana en un castillo bajo el dominio de tu hermano y de tu cuñada, que no te prestaban mucha atención. Ya sé que tu madre no tiene buena salud ni del alma ni del cuerpo. Antes de ser abadesa fui la esposa de Sunyer, el conde de Barcelona, y no olvido cómo es la vida en los castillos. Comprendo que ese muchacho mozárabe te ha causado una gran impresión: es inteligente, cortés y viene de muy lejos; y... es bastante guapo. Ante tu situación parece que ha intervenido con prudencia y acierto. Para ser totalmente honrada contigo te diré que no es pecado amar a un hombre y que eres una novicia y tus votos no son definitivos. Pero no te ilusiones demasiado; sólo es un mozárabe que tu hermano no aprobaría y tú no debes olvidar que has decidido que tu sitio está aquí como monja en este monasterio.

—Esa decisión mía no impedirá que me lleven a un harén de Córdoba si el rey lo decide.

—No lo impedirá; tus votos se cumplen en esta Navidad, pero mientras tu situación no se aclare, no creo oportuno que los renueves. Después de la Navidad ya no serás monja.

Los ojos verdes de Emma chispearon de indignación.

—¡Madre abadesa! Me decís que mi rey, ¡un rey cristiano!, ha decidido enviarme como un regalo más para el harén del Califa. Mi hermano no se opondrá a la voluntad del rey y ahora vos no renovaréis mis votos para dejarles el camino libre. ¡No es justo!

Adelaida asintió:

—Tienes razón, no es justo. Los hombres no son justos en muchas ocasiones y menos aún cuando disponen de la vida de las mujeres. Este monasterio tenía poder y fuerza cuando la vieja Emma era la abadesa y desde Sant Joan se repoblaba y el monasterio era dueño de tierras y pueblos y el punto de parada de las caravanas del Sur. Pero esos tiempos se acabaron cuando la vieja Emma murió. Para los hombres no importa el número de monjas ni su devoción o su santidad; importa el poder. No puedo oponerme al arzobispo Aymeric, hija. Debo seguir sus órdenes.

—¿Y yo? ¿Sólo puedo contar con José?

—Con José y conmigo y con los abades que están reunidos para tratar de encontrar un camino de salida. Dentro de nuestros límites, Emma.

—¡Todos tienen sus límites! José Ben Alvar más que nadie. ¿Me decís que no piense en José? —la voz de Emma se bajó de tono, soñadora—. No he hecho más que pensar en él desde que le conocí. Me habló de su ciencia, ¡y no le importa que las mujeres tengan conocimientos! Es cortés y educado y un sabio a pesar de su juventud; no había sentido nunca por nadie lo que siento por él. Y nadie se había preocupado por mí tanto como él. Creo que le amo, madre.

Una sonrisa acentuó las arrugas de la cara de la abadesa.

—Lo entiendo, hija. En tu situación, José te parece un príncipe, cualquiera te lo parecería; pero no conoces ni los sentimientos ni los proyectos de él. Y no conoces lo que puede suceder. No te ilusiones demasiado; podría resultar un dolor añadido.

Los ojos de Emma se habían quedado sin brillo, como sin vida. Inclinó la cabeza.

—Yo pensaba en José ya antes de saber lo que el rey había dispuesto sobre mí. Pero tenéis razón. ¿Puedo retirarme, madre abadesa?

—Emma, ¡no quiero que te vayas así! No hay nada definitivo todavía en tu vida. Ni en el monasterio, ni en Córdoba, ni respecto a José. Aunque te parezca que todos los caminos están cerrados, no pierdas la esperanza. Deja que se cumpla la voluntad de Dios. Eres mi sobrina nieta. Yo te ayudaré en todo lo que pueda.

Puso su mano sobre la cabeza inclinada de Emma.

—Que Dios te bendiga, hija.

* * *

Durante todo el Adviento, los mensajeros fueron de castillo en castillo y de monasterio en monasterio. El abad Arnulf y Ató, el obispo de Vic, convocaron a los abades de Santa Cecilia, de Sant Cugat, de Cuixà y de Urgell. El abad estuvo ausente del monasterio, que en su ausencia quedaba bajo la autoridad del hermano Hugo, el sacristán. José pasó casi todo su tiempo en la biblioteca; se sentía más cómodo estando con el hermano Raúl, y si al fin le enviaban de nuevo a Córdoba, quería que quedasen traducidos los libros que había traído. Comprendía hasta qué punto necesitaban en el Norte los conocimientos matemáticos de sus maestros. Con Gerbert se veía poco. En ausencia de Arnulf, el hermano Hugo no consentía muchos contactos. Gerbert seguía trabajando con el ábaco a ratos libres la solución del problema de las perlas, y se valía de Ferrán para enviar sus resultados —equivocados siempre— a José, que corregía los retazos de pergamino y se los devolvía.

La cita fue el día de Navidad, en el monasterio de Sant Joan. Los monjes, cubiertos con sus mantos y sus capuchas

y abrigados con pellizas de piel de oveja debajo de los mantos, atravesaron el bosque cubierto de nieve en una larga procesión camino del monasterio vecino. En la iglesia de Sant Joan, resplandeciente de velas y luces de aceite, los monjes llenaron el presbiterio mientras los abades y los obispos invitados ocupaban sitiales labrados que parecían tronos. Las monjas de los distintos conventos se apretaron tras las celosías del coro y alternaron el canto de las respuestas con los monjes del presbiterio.

Celebró la misa Ató y en la nave central se colocaron los condes. En lugar preferente se sentaban Borrell y su esposa, como patrocinadores del monasterio que su abuelo Guifré había fundado para su hija. Y detrás de Borrell se colocaron los condes de Empuries y Roselló, los de Besalú, Ribagorça y Pallars. Toda la nobleza de la alta Cataluña, los repobladores de la frontera, había acudido a la cita. Junto a ellos, con sus mejores ropas guarnecidas de pieles de zorro y de conejo, estaban sus mujeres y sus hijos. Tras ellos, los administradores, los criados, los hombres de armas. En las naves laterales se agolpaban la gente del pueblo con los niños, que correteaban entre las columnas.

Desde su asiento, al lado de Gerbert y mezclado con el resto de los monjes de Santa María, José contemplaba la ceremonia. Allí estaba un pueblo con una decidida voluntad de vivir y prosperar. A José, acostumbrado a las ceremonias cordobesas con su derroche de sedas, lienzos adamascados y preciosos colores, le conmovían las pobres lámparas de barro que humeaban malolientes, llenas de sebo y aceite mezclado —no tenían suficiente aceite para llenarlas sin mezcla y que no diesen mal olor—, los manteles del altar, primorosamente planchados por las monjas, pero con los encajes finos como telas de araña, y el libro del altar, con las miniaturas descoloridas y los bordes desgastados por las muchas manos que habían vuelto las páginas.

No tenían bienes ni apenas posibilidad de conseguirlos. En sus castillos y torres, escondidos entre las montañas, dependían de las ovejas y de los huertos, de sus cosechas y de lo que produjesen con sus manos. José comprendía ahora la difícil política de aquellos condes empeñados en sobrevivir entre el gran Califa de Córdoba y su poderoso reino y los reyes de los francos, de los que eran rehén, escudo y frontera. Y los monasterios, con sus bulas y sus privilegios, vasallos sólo del papa, eran el único depósito de cultura y modernidad y el contrapeso que daba estabilidad a aquella frágil autonomía.

Al fin de la misa, en la explanada que había delante del monasterio, bajo un pálido sol de invierno, la gente del pueblo preparó mesas con tablones, encendió hogueras para asar los corderos que habían regalado los condes y abrió los barriles de vino aguado, obsequio de las monjas para beber los primeros tragos durante la espera.

Las monjas invitaron a los obispos, los abades y los monjes, a los condes y a sus familias en el comedor de los huéspedes. Allí el vino no tenía agua, los corderos se terminaban de asar en los grandes espetones de la cocina y había dulces de sartén en grandes pirámides sobre las mesas.

Las monjas no eran muchas, sus novicias y los criados no daban abasto y los novicios de los monasterios tuvieron que ayudar en el servicio. José se encontró a Emma en el claustro: llevaba dos grandes jarras de estaño, tan pulido que parecía plata, que acababa de llenar en la fuente central. Se le iluminó el rostro en una sonrisa al ver al cordobés.

—Luego hablaremos; ya sé lo que has conseguido.

José advirtió que había prescindido del tratamiento y que le había tuteado, y le dio un salto el corazón. Apenas tuvo tiempo de comer, pero tampoco tenía apetito; le habían encargado el servicio de pan a las mesas y estuvo pendiente en todo momento de las entradas y salidas de Emma, encargada del agua. Cuando se levantaron los manteles y los chiquillos, hijos de los condes, empezaron a corretear por el claustro, los monjes se fueron a la iglesia a rezar la hora de tercia en lo que las monjas lavaban la vajilla y barrían los suelos. Mientras, los condes y sus familias salieron al exterior a compartir los cantos y los bailes de los labradores que habían terminado también su comida y bailaban en grandes corros. José, que junto con los otros novicios había recogido las mesas, los miró un rato y luego fue hacia la huerta, haciendo tiempo hasta que Emma terminase sus tareas. Quería saber cómo estaba. La vio llegar corriendo por la nieve, con la falda del hábito levantada, el manto revoloteando tras ella y la capucha caída. Llevaba la toca blanca tan mal puesta como siempre y los rizos cobrizos se le escapaban en las sienes. José sonrió al ver que tenía las mejillas y la punta de la nariz rojas del frío.

Extendió las manos para estrechar las de ella y Emma rio alegre.

—¡Tengo buenas noticias, José! ¡Tenía tantos deseos de verte!

Liberó sus manos de las de José y le abrazó. Él, sorprendido, no respondió al abrazo y se separó confundido.

—Señora... ¡Emma!

Ella reía sin parar.

—Mira, José, la abadesa Adelaida me ha contado el resultado de las últimas entrevistas del abad Arnulf. Los condes no van a aceptar aportar la totalidad de los obsequios del Califa. Han jurado que ninguno accederá a ello. Y entre los regalos no habrá ni esclavos ni mujeres. ¡Estoy muy contenta! ¡Tengo ganas de abrazar a todo el mundo y no puedo hacerlo porque debo guardar el secreto! ¿Por qué, al menos, no puedo empezar por abrazarte a ti?

José sentía frío en la cara y la boca seca.

—No creo que sea conveniente —tartamudeó— entre dos personas que viven en un monasterio.

—¿Y el amor?

José enrojeció al recordar que él le había hecho la misma pregunta el día en que la conoció.

—Seamos sensatos —la tuteó también sin darse cuenta—; tú eres monja, hermana de un conde de Tolosa, pariente del conde Borrell y descendiente el gran Guifré. Yo soy un mozárabe perseguido que ha huido de Córdoba; mi familia está lejos y vivo gracias a la caridad del abad Arnulf. No hay lugar para mis sentimientos y no debemos traspasar los límites de la cortesía.

—Seamos sensatos —se burló Emma—. Yo soy una novicia y el plazo de mis votos termina hoy; mi hermano no tiene inconveniente en cederme para el harén del Califa, mi pariente el conde Borrell no se arriesgará por mí si eso le cuesta su prestigio o su escaso dinero y tú eres la persona más sabia y más buena que he conocido. José —su voz se volvió seria y sus ojos se oscurecieron—, en el castillo de mi familia he sido siempre una niña solitaria que estorbaba a todos; mi padre murió cuando yo era muy niña y mi madre siempre ha estado muy enferma; nadie, nunca, se había preocupado tanto por mí como tú; yo no quería ser como mi madre o como mi cuñada: una mujer triste y sola en un castillo mientras mi esposo hace la guerra o vive en la corte. Quería vivir en el monasterio, adorando a Dios y rezando por la salvación de mi alma y por todo el mundo; quería saber, estudiar y ayudar a los campesinos y a las otras monjas como la vieja

Emma. Me parecía, con mucho, el mejor destino. Y llegaste tú, que conocías los libros de los sabios árabes y que no te importó compartirlos conmigo; nadie, nunca, me había hablado como tú. Eres distinto y nunca había sentido por nadie lo que siento por ti. He creído que sentías por mí... ¿O es que tú no me quieres?

José tartamudeó.

—Sí, sí te amo, chica loca. Durante este mes sólo he pensado en ti. Me hubiese gustado estar todo el tiempo a tu lado. No he podido dormir, ni trabajar ni comer. No sabía lo que había planeado el abad Arnulf, ni si había obtenido algún resultado. Me ha devorado la incertidumbre. Pero a pesar de todo, no podemos...

Emma, le cortó.

—¿Y el amor? —repitió—. ¿Por qué no podemos amarnos? ¡Me estás haciendo parecer una desvergonzada! La abadesa Adelaida adivinó enseguida lo que sentía y me ha dicho que me comprendía y que estaba de mi parte. Después de todo es mi tía abuela. Dice que los obispos han proporcionado a los condes los argumentos para fundamentar su negativa: la fe de los mozárabes y las de las doncellas peligraría en la corte cordobesa —se entristeció—; me temo que les ha importado más lo que van a dejar de ingresar por sus porcentajes en la venta de la lana, que la suerte de sus parientes o sus siervos mozárabes.

—No seas cínica, Emma. Tu caso no es el de las otras chicas.

—No soy cínica, José. Todos son muy pobres. Y tienen que alimentar y vestir a sus hombres de armas y a sus criados, defender a sus vasallos y acudir cuando el rey de los francos los llama. Son mis parientes, José. Llevo su sangre y los quiero, pero no les puedo pedir lo que no me pueden dar.

De nuevo estaba angustiada y los ojos le rebosaban llanto. Esta vez fue José quien inició el abrazo; él era más alto y la cabeza de Emma apenas llegaba a su hombro. La abrazó con fuerza; se sentía más libre, más responsable y más alegre de lo que lo había estado desde que salió de Córdoba. Estrechó más a Emma y susurró.

—Te quiero, Emma, te quiero. Y tu abadesa y mi abad están de nuestra parte. No te preocupes. Todo nos irá bien.

X. El arzobispo de Narbona

Enero del 969
(Finales del 357 de la Hégira para el islam)

El arzobispo Aymeric de Narbona anunció al abad Arnulf su deseo de celebrar la fiesta de la Candelaria* en el monasterio de Santa María de Ripoll. Así, junto con Arnulf, que era también obispo de Girona, visitaría las iglesias parroquiales y bendeciría personalmente las candelas.

El abad ordenó a los monjes que prepararan el monasterio para la visita del arzobispo; bajo las órdenes del hermano Hugo, José, Ferrán y los otros novicios limpiaron y frotaron los cálices e hirvieron agua para quitar los churretes de cera de los pesados candelabros del altar. Luego cambiaron la paja de los dormitorios, limpiaron la sala capitular, el claustro, los dormitorios, las cocinas, la biblioteca y los establos hasta que todo el monasterio relució y sólo quedaron sin recoger las piedras de los albañiles que edificaban la nueva iglesia y que habían suspendido sus trabajos por los hielos del invierno.

El abad Arnulf llamó a su habitación a José y a Gerbert.

—¿Conocéis el motivo de la limpieza? ¿Ya sabéis la buena noticia?

José y Gerbert afirmaron en silencio.

Arnulf se levantó de su asiento y se acercó al ventanal sin cortinas que daba al claustro.

—No os he hablado del asunto de la embajada y los obsequios al Califa porque no he tenido noticias ciertas. Pero ahora conviene que estéis informados. Los condes se reunieron, discutieron sus opiniones y, conjuntamente, felicitaron por la Navidad al rey Lotario. Todo lo de la embajada a Córdoba no era más que un rumor; de cierto no había más que la comunicación que hicieron a la abadesa Adelaida respecto a Emma, la hermana de Guillem Tallaferro. Alguien en la corte supuso que los condes catalanes se habían puesto de acuerdo y todo el proyecto se suspendió —hizo una pausa—, de momento.

José preguntó:

—¿Ya no habrá embajada de paz?

—No he dicho eso; sólo que, de momento, el proyecto se suspendió. Habrá que estar alerta, porque se puede poner en marcha en cuanto el rey vuelva a recordarlo. Y ahora, de súbito, el arzobispo Aymeric quiere visitar mi diócesis.

Gerbert intervino:

—Padre abad, ¡debemos sentirnos honrados y agradecidos!

José murmuró para sí:

—En Córdoba decimos: "Del amo y del mulo, cuanto más lejos, más seguros".

Gerbert estalló en una carcajada y pronto el abad le hizo coro.

—Puede que tu viejo refrán tenga mucha razón, José. Alguien puede haberse preguntado en la corte cómo se conoció tan pronto todo el proyecto de la embajada a Córdoba. Y seguro que ya saben quién ha estado viajando en este otoño. José: quiero que durante la visita del arzobispo estés sentado entre todos los monjes, procures que no se oiga tu acento y que no se te vea demasiado; también recogerás del escritorio los volúmenes escritos en caracteres arábigos y los guardarás en el estante más alto de la biblioteca. Como la sinceridad debe presidir todas nuestras acciones, no ocultaremos las tareas que se llevan a cabo en la biblioteca, pero no dejaremos volúmenes a la vista de cualquiera que no pueda entenderlos. Es mi responsabilidad como abad de este monasterio el mostrarle al arzobispo nuestros progresos en la cantidad y calidad de nuestros libros y así lo haré en su debido momento. El hermano Raúl ya conoce estas instrucciones.

Hizo una pausa y se dirigió a Gerbert:

—Primero visitaremos las parroquias y terminaremos el recorrido aquí. Luego viajará a Vic. Cuando lleguemos, tú, Gerbert, serás el encargado de servirle durante su estancia; eres aquitano y estimará escuchar el habla de su tierra.

José se removió inquieto en el asiento.

—Padre abad, el arzobispo ¿no recibirá a otros monjes, si desean hablar con él?

—¿El hermano Hugo, quieres decir? Puede que lo haga, pero yo soy su abad, elegido por los monjes y con quien han firmado su pacto. Es un monje piadoso, algo fanático, pero un buen monje. Obedecerá mis instrucciones. Hijos —José y Gerbert se levantaron de su asiento y se colocaron ante aquel hombre bondadoso que, sin embargo, gobernaba el monasterio con mano firme—, hemos actuado con fidelidad y sinceridad y de acuerdo con los mandatos del Señor. Dios, que ve dentro de los corazones, lo conoce —trazó la señal de la cruz en el aire—. Qué Él os bendiga y os guarde de todo mal.

* * *

Aymeric, el arzobispo de Narbona, era un hombre de mediana estatura, calvo por la parte superior de la cabeza y que llevaba largo el resto del cabello, al igual que los caballeros. Montaba un buen caballo y sólo sus ropas negras y la cruz de piedras preciosas que llevaba al cuello daban a conocer al sacerdote. Le acompañaban otros clérigos que montaban mulas y un grupo de hombres de armas que les daban guardia.

El arzobispo se alojó en las habitaciones del abad y los hombres de armas fueron conducidos a la casa de huéspedes mientras los monjes instalaban camas en su dormitorio para los acompañantes del arzobispo; los clérigos contemplaron con gesto de rechazo las humildes camas alineadas, las toscas mantas y las lámparas de barro que lucían en el dormitorio.

El arzobispo recorrió la casa y las obras de la iglesia y a la tarde rezó las vísperas con los monjes. Tras las oraciones, el arzobispo presidió el capítulo sentado en la silla de madera tallada que solía ocupar Arnulf, quien se sentó a su derecha en una silla corriente.

Leyeron el capítulo de la regla y luego el arzobispo dijo:

—Durante estas semanas he recorrido las parroquias de los pueblos de la diócesis. Hoy estoy aquí con vosotros. Bendigo a Dios nuestro Señor por tener la dicha de haber conocido a tan fieles discípulos de san Benito. Gracias a vosotros se predica el evangelio en estas tierras de la frontera tan cerca de los infieles servidores del diablo. El sonido de vuestra campana, que llama a oración, recuerda a la gente de estos campos dónde está la verdadera fe. He visitado con satisfacción vuestra casa. Los establos están limpios y la despensa bien abastecida dentro de vuestras costumbres de penitencia. Las obras de la iglesia avanzan, aunque no con demasiada rapidez; bien es verdad que no hay mucho dinero que invertir en ellas. También he visto que en la biblioteca han aumentado los códices y he solicitado a vuestro abad que nos envíe el ejemplar del Beato de Liébana que se está copiando, para la biblioteca de nuestra iglesia de Narbona. Los libros piadosos deben ser el alimento de nuestras almas.

Hugo, el sacristán, se levantó de su asiento y se adelantó al centro de la sala:

—Con vuestra venia, mi señor arzobispo. Ya que habláis de libros; tengo un grave peso en la conciencia. He dudado mucho en declarároslo, pero creo que la salud de mi alma me obliga a ello.

El abad Arnulf intervino:

—Yo os escucharé luego, hermano Hugo.

—Gracias, padre. Os pediré más tarde vuestra bendición, pero mi duda de conciencia puede ser también la de alguno de nuestros hermanos y querría hablar de ello ante su eminencia Aymeric, nuestro señor arzobispo, según nos aconseja nuestra regla.

José estaba en la segunda fila, entre los monjes jóvenes, sentado sin removerse, en el duro asiento de madera, con la vista baja y las manos ocultas bajo el manto. Levantó un momento los ojos para contemplar al sacristán, y al volver la vista hacia el arzobispo, sorprendió una leve sonrisa en la comisura de los labios y supo que estaba asistiendo a una escena ensayada; que, de alguna manera, el hermano Hugo estaba de acuerdo con el arzobispo y que entre los dos habían decidido los supuestos escrúpulos de conciencia del sacristán. La revelación le sacudió como un golpe y le dejó helado en su interior. Hasta ahora había creído que el hermano Hugo era un hombre estricto que no simpatizaba con las novedades; no que fuese capaz de engaños para atacarle. Le había ocurrido lo mismo en Córdoba; cuando tropezaba con la enemistad irracional y desnuda, sin paliativos, se sentía paralizado y era incapaz de reaccionar.

El arzobispo hizo un gesto con su mano enguantada de rojo.

—Hablad, hermano.

El sacristán levantó el tono de la voz. Los ojos le brillaban.

—En este monasterio se encuentra un mozárabe hereje, huido de la corte de los ismaelitas,* que ha traído libros diabólicos a nuestra biblioteca. Es un pozo de ciencias mágicas y con sus embrujos ha encantado a nuestro padre abad, que le protege y le deja ejercitar su magia. Lo he amonestado por tres veces como manda la regla; primero a solas y luego con el testimonio de un hermano, pero ha sido en vano. Por eso ahora lo presento ante la reunión de los monjes presididos por nuestro arzobispo y con asistencia de nuestro padre abad.

El arzobispo se volvió a Arnulf.

—¿Qué decís, padre abad?

Arnulf habló con voz serena y baja que contrastaba con el tono de Hugo.

—Os lo iba a presentar después del capítulo, Aymeric. No es un hereje, es un buen cristiano de la familia de

Álvaro, el santo compañero del mártir san Eulogio. Ha tenido que salir de Córdoba perseguido por la fe en nuestro Señor. Lleva el hábito de nuestro padre san Benito y es postulante en nuestro monasterio. Estudia con empeño nuestra liturgia romana.

El hermano Hugo negó:

—No es cierto. José Ben Alvar ha infectado nuestra santa casa con toda clase de brujerías. Él mismo tiene contactos diabólicos. Ha extendido su magia hasta el vecino monasterio de Sant Joan. Una de las monjas le vio haciendo conjuros en la huerta y encantó a una novicia con la que mantiene tratos. Yo solicito de nuestro venerable arzobispo que establezca tribunal y cure nuestra enfermedad arrojando fuera de nuestra santa casa tanta ponzoña. La Iglesia de Cristo debe actuar en la corrupción del mundo hasta que llegue el día en que derrotados definitivamente Satán y sus servidores, y después del Juicio Universal, la Iglesia triunfante; la Iglesia de la comunión en Dios, se instaurará en un mundo nuevo.

El arzobispo asintió blandamente.

—Amén, hermano, amén. Ésa es la labor de la Iglesia. Habéis hecho bien en confiarnos vuestro problema de conciencia. Señor abad, parece que desconocíais ese problema. Vamos a discernir si la corrupción de la magia ha anidado en vuestro monasterio. ¿Dónde está ese mozárabe?

Un murmullo corrió entre los bancos de los monjes; menos el pequeño grupo de monjes que seguía al sacristán, los demás habían llegado a querer al muchacho.

El abad Arnulf hizo una señal a José, que se levantó de su asiento para salir al centro de la sala junto al hermano Hugo.

Aymeric hizo un gesto de sorpresa; había esperado un hombre adulto y la juventud de José le desconcertaba.

—Éste es José Ben Alvar —presentó Arnulf.

—¿Eres hereje? —preguntó, brusco, el arzobispo.

José intentó hablar sin acento.

—No, mi señor arzobispo. Creo en Jesucristo, nuestro Señor, según las enseñanzas de la Santa Iglesia. Mi obispo Rezmundo, que me bautizó y me conoce bien, escribió cartas que me presentan y que están en poder del padre abad.

—¿Hay obispos en Córdoba?

—Sólo uno, mi señor arzobispo. Los cristianos, en Córdoba, podemos seguir nuestra religión, aunque no podemos convertir a otros. Si un musulmán se convierte al cristianismo, se castiga con la muerte al musulmán y al cristiano que le enseñó la fe.

El sacristán atacó de nuevo:

—No os dejéis engañar, señor arzobispo. Conoce la magia; y tiene libros de conjuros.

Arnulf hizo una seña a Gerbert y a Raúl.

—El hermano Hugo está sobresaltado por lo que no conoce, arzobispo Aymeric; sin duda habéis oído hablar en la corte del rey de Gerbert, el monje del monasterio de Aurillac que el rey Lotario nos confió para que progresara en los conocimientos de las ciencias matemáticas. Él y el bibliotecario han trabajado con esos libros que el hermano José trajo desde Córdoba y puede mostrároslos e informar sobre ellos. Hermano Raúl, traed esos libros a esta sala.

Raúl hizo una inclinación y salió para volver en seguida cargado con el volumen de León el Hispano y con la traducción que José había hecho.

Hizo el gesto de entregárselo al arzobispo.

Aymeric señaló el suelo:

—¡Dejadlo ahí!

Raúl obedeció.

—Es un tratado sobre la multiplicación y la división, mi señor arzobispo —dijo Gerbert.

—José, abrid el libro.

José se inclinó y abrió el grueso volumen. El arzobispo alargó la cabeza para mirarlo desde su silla.

—¿En qué está escrito?

—En árabe, mi señor arzobispo —contestó José.

—Gerbert, ¿sabes árabe?

—No, mi señor.

—Entonces —la voz del arzobispo tenía un matiz de triunfo— ¿cómo puedes saber que este libro trata sobre la multiplicación?

Gerbert abrió el libro latino.

—El hermano José lo ha traducido. Aquí está.

—¿Y cómo sabes que dice lo mismo?

El hermano Raúl intervino:

—Yo sí conozco el árabe, mi señor arzobispo, y puedo aseguraros que dice lo mismo.

Arnulf volvió a hablar suavemente.

—El hermano José ha traducido al latín este libro y algunos otros sobre el arte de los números. En este monasterio —y lo subrayó— estamos interesados en las ciencias que hacen progresar a los hombres. Cuando todos estén traducidos, enviaremos copias a todos los monasterios que tengan el mismo interés.

El hermano Hugo no pudo callar por más tiempo.

—¡Vais a extender la ponzoña!

Gerbert soltó una pequeña risa.

—¡Oh, no! ¿Me permitís, mi señor arzobispo? —hablaba eligiendo las palabras, con sus mejores artes de estudiante de retórica—. Los árabes tienen un sistema de números que permite hacer los cálculos mucho más deprisa y más fácilmente que con los números de los antiguos romanos. Es la ciencia que el hermano José ha estudiado en Córdoba, la conoce bien y ahora traduce los libros de sus sabios para nuestro uso en el monasterio.

—¿En Córdoba? —preguntó con sospecha Aymeric.

José recuperaba la calma; debía defender su amado sistema de cálculo, pero no sabía cómo explicarlo en aquella reunión y ante aquel arzobispo hostil.

—Los antiguos romanos construyeron grandes edificios y gobernaron el más grande imperio conocido. Lo hicieron con sus números. Dime, muchacho, ¿para qué necesitamos nosotros otra cosa?

El abad Arnulf intentó mediar.

—Perdonad, Aymeric. ¿Cuántos hombres de armas habéis traído?

—Quince. ¿Por qué?

—Muchos hombres son para una visita a vuestras fieles parroquias —había reproche en el comentario del abad—; para servirles el desayuno, el monasterio habrá de darles una hogaza de pan, un cuartillo de vino, tres lonchas de tocino y una rebanada de queso. Hermano José, ¿cuánto necesitaremos?

—Quince hogazas, seis medidas de vino, cuarenta y cinco lonchas de tocino y dos quesos, padre abad —respondió José con una sonrisa.

Un murmullo de sorpresa recorrió las filas de los monjes. Ninguno era capaz de calcular tan deprisa; el hermano despensero se había quedado con las manos levantadas y los dedos extendidos para contar con ellos.

El hermano Hugo se adelantó:

—¿Veis, señor arzobispo? Tiene pacto con el diablo. Sólo con artes mágicas se puede contar tan deprisa. Y a su llegada embrujó a una novicia del monasterio de Sant Joan con signos mágicos trazados en la tierra. La monja encargada de la sacristía los vio y me llamó para que los borrase con agua bendita, porque ella no se atrevía a tocarlos.

Aymeric tenía el ceño fruncido.

—¿Qué signos mágicos eran esos?

—No eran signos mágicos, mi señor arzobispo; eran números árabes —José estaba irritado ante aquella ignorancia que veía maldad en lo que desconocía—; eran los cálculos de un problema aritmético que propuse a la hermana Emma del monasterio de Sant Joan.

—¿Un problema? ¿Qué problema?

José recitó:

Un collar se rompió mientras jugaban
dos enamorados,
y una hilera de perlas se escapó.
La sexta parte al suelo cayó,
la quinta parte en la cama quedó,
y un tercio la joven recogió.
La décima parte el enamorado encontró
y con seis perlas el cordón se quedó.
Dime cuántas perlas tenía el collar de los
enamorados.

José sonrió a Gerbert.

—El resultado son 30 perlas, Gerbert.

El arzobispo Aymeric estaba atónito; tenía la boca abierta y una expresión boba en los ojos. De súbito enrojeció.

—¿Qué clase de frivolidad es esa? ¿Qué conversación impía para dos consagrados a Dios?

Enderezó el cuerpo en su silla tallada.

—Lamento lo que voy a decir, Arnulf, pero este caso es más complejo de lo que se puede tratar en esta noche. Y yo debo seguir viaje para Vic mañana. Padre abad, dejaréis aislado a este mozárabe para que haga penitencia por su soberbia y frivolidad; sólo comerá una vez al día y su comida será pan y agua. Más adelante, a mi vuelta a Narbona, lo mandaré llamar para que santos varones lo examinen y sentencien si hay posesión del diablo o no. Respecto a esa novicia... no es digna de sus votos. Hablaré con la abadesa de Sant Joan para que tome las medidas oportunas para su penitencia.

Se puso en pie y suspiró ruidosamente.

—Y os tengo que decir a todos, hermanos, y a vuestro abad que os preside en la fe, que el exceso de ciencia hincha y sólo la humildad santifica; son los evangelios y los libros santos los que debéis copiar en vuestro escritorio y no la ciencia de los ismaelitas. ¿Acaso necesitamos otra ciencia que la que nos transmitieron nuestros Santos Padres en la fe? Yo que vos, Arnulf, no permitiría que los monjes se iniciasen en esos sistemas de cálculo impíos.

Trazó en el aire la señal de la cruz.

—¡Que Dios os bendiga, hermanos! —se volvió al sacristán—; hermano Hugo, ¿me queréis guiar a mi habitación?

XI. Final que es principio

Desde su celda en los sótanos, José oyó marchar la comitiva del arzobispo después de la hora de laudes, cuando apenas clareaba el día por el pequeño tragaluz. No le habían dejado lámpara y había pasado la noche a oscuras, dormitando a ratos sobre la paja mohosa, y pensando en las ratas y las pulgas que debían vivir en aquella celda. No sabía cómo se había vuelto a complicar la situación; él que sólo quería vivir en paz y que creía que había encontrado amigos.

Apenas se extinguieron los ruidos de la comitiva de Aymeric, el propio abad vino a abrir la puerta de la celda de castigo.

—Vamos, José. Ven a mi habitación.

Siguió a Arnulf por las angostas escaleras que subían de los sótanos al claustro y se sintió repentinamente cegado por la luz del sol que amanecía a través de los capiteles. En la habitación del abad esperaba Gerbert. Arnulf le hizo sentar y le sirvió un cuenco de leche y un gran trozo de pan.

—Come. Vamos a tratar de resolver esto.

José se miró las manos sucias y Gerbert rio de buena gana.

—Anda, sal a lavarte al claustro; dejadle, padre abad. ¡Estos mozárabes!

José se lavó las manos y la cara en la fuente del claustro; le dolía la cabeza y se sentía atontado. Cuando regresó, Gerbert y Arnulf miraban un mapa que dejaron al entrar José.

—¿Me llevarán a Narbona? —preguntó.

—No, de momento. Ahora, el arzobispo está muy ocupado con sus visitas para reafirmar su autoridad sobre los otros obispos catalanes. Confía en que te encontrará aquí si te necesita, pero puede que se olvide de todo este incidente que no ha sido tan importante. Depende de su conveniencia. Aymeric es más político que obispo y cumple los mandatos del rey. Puede que sea sincero al pensar que tu facilidad para calcular es obra del diablo. Pero nosotros no podemos seguir en esta situación. El papa tiene que reconocer que Vic es la heredera de la antigua arquidiócesis de Tarragona y liberar a los obispos catalanes de la obediencia del de Narbona.

Gerbert intervino.

—¿Qué vais a hacer, padre abad?

—En la próxima Navidad los obispos viajaremos a Roma a expresar nuestra reverencia al papa y a pedir privilegios para nuestras diócesis; mientras tanto, José debe marcharse cuanto antes fuera de aquí. José, te relevo de tu obediencia y de tu pacto y te devuelvo tu dinero y tus libros, tus pergaminos y tus instrumentos. Debes salir de Santa María de Ripoll. Ya no es buen lugar para ti. Te proporcionaré una mula, víveres y mapas para que vayas hacia el Oeste. Te devolveré la carta de tu obispo Rezmundo y añadiré otra mía para el abad del monasterio de Leyre, en Navarra. Ahí no alcanza el poder del rey de los francos ni es jurisdicción del arzobispo de Narbona. Estarás seguro.

José intervino:

—Puedo pagaros los gastos que hagáis, padre abad.

—Ya lo has hecho con tu trabajo en la biblioteca, hijo. Y vas a necesitar todo el dinero del que puedas disponer. Sigo pensando que tu estancia aquí es una bendición de Dios; nos has enseñado muchas cosas, a pesar de lo que opinen algunos monjes medio bárbaros.

—¿Y Emma? ¿Qué va a pasar con ella? Sus votos terminaron en Navidad.

Arnulf se encogió de hombros.

—¡Quién sabe! ¡Cómo han complicado todo! La abadesa recibirá la orden de Aymeric y la encerrará en su celda y no la dejará salir ni hablar con las hermanas. La interrogarán para saber si la has hechizado o ha sido una monja indigna y le pondrán duras penitencias para quitarle los hechizos. Y no debemos olvidar que el rey quiere mandar cinco doncellas de regalo para el Califa. Al fin, no serán sólo hijas de los condes catalanes, pero Emma sólo es catalana por su madre y de todas formas puede encabezar la lista si alguien insiste lo bastante —se levantó y se acercó a la ventana y miró los campos que se desperezaban bajo la helada; de pronto se volvió con una sonrisa que le iluminaba la cara—. José, tú no deseas ser monje, ¿verdad? Tú amas a Emma. Y ella también está enamorada de ti. Sólo había que ver vuestras miradas en la comida de Navidad.

José asintió, sorprendido, pero no hacía falta; la pregunta de Arnulf no aguardaba respuesta.

—Hay que actuar deprisa. No vais a poder cortejaros como dos novios. Vete a buscar a Emma a Sant Joan y tráela aquí. Yo os casaré y te podrás llevar a Emma a Leyre y vivir allí con ella. Es un hermoso monasterio y encontraréis hospedaje en la aldea; dicen que allí, el santo abad Virila se pasó cien años escuchando el canto de un pájaro. Dios lo permitió para que comprendiera cómo es la eternidad. Llévate tus libros árabes, que serán la mejor carta de presentación. En Leyre podrás terminar de traducirlos y nos enviarás una copia, que te aseguro que guardaré como un tesoro. Y podrás vivir tranquilo y ser feliz. Y si no te adaptas a las costumbres de los navarros, siempre podéis viajar a Toledo, donde hay muchos cristianos mozárabes y donde te sentirías en tu casa.

—Gracias, padre abad —recordó algo y siguió—; os dejaré una carta para mi padre, para que conozca lo que me ha ocurrido y cuál es mi destino.

—Bien, yo la remitiré. No podemos decir nada a Adelaida; no podría consentir la fuga de una novicia a la que debe tener retirada, pero sé que tampoco la impedirá.

—¿Y vos, padre abad? ¿No os traerá problemas el ayudarnos? De una boda os tenéis que enterar.

—Será una boda muy discreta, José, sin vestidos de fiesta y sin adornos en el altar. Os esperaré en la ermita de Sant Pere, en el claro. Los testigos serán Gerbert y Ferrán —sonrió—. No le diremos nada al hermano Hugo ni a los demás monjes, pero será una boda perfectamente válida y yo firmaré los documentos precisos. Y si nadie me pregunta, nadie sabrá nada.

Gerbert le abrazó con grandes palmadas en la espalda.

—Mándame una esfera armilar desde Leyre, por favor —suplicó—, y también la historia del abad Virila.

* * *

José dejó las mulas escondidas en un grupo de árboles ya a la vista del monasterio de Sant Joan. Tenía un nudo en el estómago e iba tan preocupado por no perderse, que el camino se le hizo corto esta vez. Escaló el muro de la huerta y se deslizó en el claustro a esperar a que saliesen las monjas que cantaban los salmos en el coro. Hacía frío, pero José no sabía si tiritaba por el tiempo o por el miedo. Cuando se abrió la puerta y las monjas, en parejas, salieron al claustro para dirigirse a sus celdas, José aguardó, escondido, con el corazón golpeándole el pecho, a que llegasen las novicias, que iban las últimas. Cuando Emma y su compañera, que eran las últimas de la fila de las jóvenes, doblaron la esquina, en silencio, ante los ojos asombrados de la otra novicia, la tomó del brazo y la sacó de la fila.

Las otras monjas que iban delante no se dieron cuenta de nada. Emma ahogó un grito de susto y una expresión de alegría apareció en sus ojos. La procesión la cerraban la abadesa y la maestra de novicias, que se detuvieron mirándolos. Junto al muro y cogidos de la mano, José y Emma las vieron llegar y detenerse delante de ellos.

Se inclinaron ante la abadesa en una respetuosa reverencia sin decir nada; todo era demasiado evidente; y también sin hablar, sin un gesto de extrañeza, la abadesa adivinó lo que estaba ocurriendo y trazó en el aire una bendición antes de imponer silencio con un gesto a la maestra de novicias y mandar a la otra novicia que continuase su camino.

José y Emma salieron corriendo del claustro perseguidos por la sorprendida mirada de la maestra de novicias, que seguía en el claustro cuando Emma se volvió para subir a su celda y recoger su manto, sus calzas de lana y sus pocas cosas.

Sólo se besaron después de saltar el muro, con el monasterio a la espalda y las mulas a la vista.

Las preguntas, las explicaciones y los planes vendrían más tarde.

* * *

De José Ben Alvar a Álvaro Ben Samuel, su padre, en Córdoba.

Muy querido padre:

Te escribo esta carta en la ermita de Sant Pere, mientras el Abad Arnulf prepara un mapa que nos indique un buen camino para nuestro viaje al monasterio de Leyre, ya que no sabe si nos conviene tomar el camino que nos llevará por tierras de los gobernadores de Lérida y Zaragoza, o evitar los dominios del Califa y seguir por el Norte, a pesar de la nieve que señorea las montañas.

El abad acaba de celebrar mi boda con Emma, la hija del conde de Tolosa; ha sido una boda apresurada debido a las circunstancias, las mismas que nos obligan a marcharnos de Ripoll. No va a ser un viaje fácil para nosotros, pero te anticipo, padre, que ni Emma ni yo tenemos miedo.

Me gustaría que mi madre conociese a Emma. Iba a quererla enseguida, como si fuese una hija más. Es muy joven y tiene el pelo rojizo y los ojos verdes como la gente de aquí. La conocí en el monasterio de Sant Joan y es muy bella y muy buena. ¡La quiero tanto, padre!

El abad Arnulf me ha devuelto las cartas de presentación del obispo Rezmundo y ha añadido recomendaciones propias para los abades de los monasterios y los señores de los castillos. Tengo todo el dinero que me diste, porque no ha querido aceptar nada por el tiempo que he pasado en el monasterio. Ha sido para mí como un segundo padre y no debemos tener dificultades para llegar a Leyre. Me han dicho que es un gran monasterio que quiere formar una buena biblioteca. Tendré trabajo de traducción de mis libros árabes. Y no está bajo el dominio del rey Lotario.

Ya te explicaré en otra carta lo que nos ha ocurrido. Tu hijo no deja de encontrarse con problemas que no busca.

Me gustaría, más adelante, poder establecernos en Toledo, donde el ambiente y la cultura son las de nuestra querida Córdoba, que tanto añoro. Allí podríamos formar nuestro hogar y ver crecer a nuestros hijos y nos encontraríamos más cerca de vosotros. Padre, alguno de tus nietos puede tener el pelo del color del cobre.

Debo terminar; el abad Arnulf se acerca con su mapa. Le acompañan nuestros amigos. A ellos dejo esta carta. Abraza a mi madre y a mis hermanos. Te abraza y pide tu bendición.

JOSÉ

P. D. Mi amor y mi respeto para todos vosotros.

EMMA

Epílogo

En el año 971, Arnulf, abad de Santa María de Ripoll y obispo de Girona; Ató, obispo de Vic; Gerbert d'Aurillac y el conde Borrell viajaron a Roma para solicitar del papa la reposición en Vic del antiguo arzobispado de Tarragona. Gerbert no regresó; se quedó en Roma como secretario del papa. Más tarde fue abad del monasterio de Bobbio, arzobispo de Reims, arzobispo de Rávena y papa con el nombre de Silvestre II. Modificó el ábaco latino, sustituyendo las piedrecillas por fichas de hueso con el número árabe que correspondía e intentó inútilmente introducir el cálculo con los números árabes; siempre se mantuvo en contacto con sus antiguos amigos catalanes, a los que pedía copias de libros, sobre todo de aritmética. Siendo papa proclamó una bula declarando la conveniencia del uso de los números arábigos, los que usamos ahora.

Pero hasta 1202 en que Fibonacci —un matemático italiano que había vivido en el África musulmana— publicó un tratado sobre las reglas del cálculo con cifras árabes, al que dio el nombre de Tratado del Ábaco, sin duda para evitar las iras de los partidarios de los números romanos, no se logró dar a conocer de una forma general los números árabes.

El Papa Juan XIII accedió a la petición de los obispos y el conde y concedió la autonomía del arzobispo de Vic, pero cuando regresaban a Cataluña, Ató y Arnulf murieron en extrañas circunstancias y la autonomía de los monasterios catalanes tuvo que esperar.

Pero ésas son otras historias.

Notas

Ábaco de arena o de polvo: El recipiente plano lleno de arena que empleaban los contables árabes para hacer las operaciones matemáticas.

Ábaco latino: Cuadro de madera con cuerdas y bolas en los extremos que sirven para contar. El ábaco romano o latino, en lugar de bolas, llevaba unas piedrecitas llamadas "cálculos". Gerbert d'Aurillac sustituyó los guijarros por una ficha de hueso con el número árabe grabado que sustituía el número de guijarros necesario en cada cuerda.

Adviento: Tiempo litúrgico que comprende las cuatro semanas previas a Navidad.

Al-Kowarizmi: (780-850) Sabio matemático, bibliotecario en la corte del califa Al-Mamún. Es conocido sobre todo por sus obras, que contribuyeron ampliamente a la divulgación de los métodos de cálculo de origen hindú. La primera de esas obras trataba de la aritmética; la segunda, del álgebra. Su nombre latinizado se transformó en "Algorismus" y dio nombre a los algoritmos.

Alger: Palabra árabe del título del segundo libro de Al-Kowarizmi. Designaba la operación de hacer pasar los términos de un miembro a otro de una igualdad de forma que sólo haya términos positivos a ambos lados. De esta palabra traducida al latín surgió luego "álgebra".

Álvaro y Eulogio: Mozárabes cordobeses y amigos desde la infancia; literatos y poetas ambos, Eulogio fue elegido arzobispo de Toledo, pero no pudo tomar posesión por la prohibición de Abderramán II; acusado de haber bautizado a Leocricia, hija de padres musulmanes, fue martirizado el 11 de marzo de 859. Álvaro, su gran amigo, dejó el relato de su martirio y de sus días en la cárcel.

Arnulf: Abad del monasterio de Santa María del Ripoll y obispo de Girona (938-970). Emprendió la obra de un nuevo albergue, edificó el claustro, construyó un molino para el uso del monasterio y para conducir el agua a los huertos interiores y comenzó las obras de una nueva basílica. Dio un gran impulso al "scriptorium" y a la biblioteca, que en su tiempo llegó a contar con más de sesenta libros, gran cifra para la época.

Arzobispo de Narbona: Ante el dominio árabe de Tarragona, capital religiosa de Cataluña, los obispos catalanes pasaron a depender del arzobispo de Narbona, en el sur de Francia. Durante largos años trataron de conseguir del papa la creación del Arzobispado de Vic que les permitiría no depender de Narbona.

Ató: Obispo de Vic y de Osona. Hombre de gran cultura, promovió la creación de nuevas parroquias y monasterios y se preocupó de sus bibliotecas. En la Navidad del año 970, acompañado del abad Arnulf, del monje Gerbert d'Aurillac y del conde Borrell, viajó a Roma para solicitar del papa el traslado a la Iglesia de Vic del antiguo Arzobispado de Tarragona, ya que la ciudad de Tarragona no se podría recuperar de los árabes, y así quedar separados de la iglesia franca. Al regreso a Cataluña fue muerto violentamente.

Ben: Partícula en la formación de los apellidos árabes; significa "hijo de".

Cadí: Nombre que daban los árabes a los jueces.

Califa Al-Hakam: Hijo de Abderramán III. Cuando subió al trono a la muerte de su padre, era ya un hombre de más de cuarenta años. Gran erudito y preocupado por la ciencia, procuró gobernar su imperio de paz, aunque tuvo que guerrear contra los catalanes y los castellanos y navarros en los primeros años de su reinado.

Condados francos o catalanes de la frontera: Para proteger su frontera del Sur, los reyes francos establecieron en Cataluña, en las distintas comarcas, una barrera de castillos gobernados por condes que formaron la Marca Hispánica.

Conde Borrell y conde Miró, señores de Osona, Girona, Urgell y Barcelona: Hermanos y nietos del conde Guifré el Pilós. A la muerte de Miró, Borrell fue el conde único de todos los territorios de la familia.

Cuadro árabe o cuadrícula: Sistema de multiplicación descubierto por los hindúes y adoptado por los árabes. Se trata de un rectángulo en el que se dibujan tantas casillas verticales como cifras del multiplicando y tantas casillas horizontales como cifras del multiplicador. Luego se divide cada casilla del cuadro en dos mitades por una diagonal, para anotar los resultados parciales de la multiplicación. Resultó un gran avance en el sistema de cálculo de su época.

Diácono: Ministro del altar de segundo grado después del sacerdote.

Esclavina: Vestidura de lana, de cuero o paño que se pone sobre los hombros.

Eunucos: Esclavos castrados; trabajaban principalmente en los harenes y en algunos casos fueron los funcionarios de la corte.

Fiesta de la Candelaria o de las candelas: Fiesta de la Purificación de Nuestra Señora; se celebra el día 2 de febrero.

Guifré el Pilós (Wifredo el Velloso): Conde de Barcelona que gobernó del 873 al 898. Conde de Urgell, heredó el condado de Cerdaña de su hermano y fue también conde de Girona. Luchó contra los musulmanes y se apoderó de Montserrat. Repobló el país y fundó los monasterios de Sant Joan (875) y Santa María de Ripoll (888). Consiguió que sus hijos y sucesores heredasen los condados en lugar de depender de los nombramientos reales. La leyenda le hace creador del estandarte catalán de las cuatro barras.

Hégira: Principio del calendario de los musulmanes que se cuenta a partir del 15 de julio del año 622 en que Mahoma marchó de La Meca a Medina. Como el año musulmán es un poco más corto que el cristiano, la diferencia se acorta paulatinamente.

Hermano celador: El que cuidaba del buen comportamiento de los monjes durante las oraciones.

Ismaelitas: Secta musulmana; los cristianos, en sentido despectivo, llamaban en ocasiones a todos los árabes "ismaelitas" como descendientes de Ismael, hijo de Abraham.

Las cuatro ciencias: La enseñanza en la Edad Media se dividía en el "trivium", es decir, las tres ciencias literarias —gramática, filosofía y retórica— y el "quadrivium", las cuatro ciencias de la enseñanza científica —la aritmética, la música, la geometría y la astronomía.

Lengua de los francos: Aunque el latín sigue siendo la lengua común de la Europa cristiana, la que se habla en los monasterios y la que se utiliza en la cultura, comienzan a diferenciarse en la lengua vulgar del pueblo los que serán distintos idiomas latinos.

Letras carolingias: El tipo de escritura utilizado por los copistas de Carlomagno y cuyo uso se prolongó a lo largo de la Edad Media.

Monasterio de San Geraud d'Aurillac: Monasterio en la región francesa de Aquitania.

Monasterio de Sant Joan, de Ripoll o de las Abadesas: Monasterio femenino fundado por el conde Guifré el Pilós para su hija Emma.

Pueblos del Libro: Los árabes consideraban a judíos y cristianos como "pueblos del Libro", que habían recibido una revelación del Dios único y no eran idólatras, ya que ambos leían la Biblia. Por consiguiente, se les permitía la práctica libre de su religión y de sus leyes y mantener sus propios jueces, sacerdotes y templos. No podían hacer conversos entre los musulmanes ni injuriar la religión del islam. Debían pagar unos tributos de los que los musulmanes estaban exentos. La realidad era menos tolerante; en muchos casos estuvieron sometidos a tributos abusivos y a la arbitrariedad de jueces y gobernadores fanáticos.

Quintal: Medida de peso equivalente a cien libras o a cuarenta y seis kilogramos.

Refectorio: Comedor de los monjes.

Sala capitular: Sala de los monasterios en la que los monjes se reunían para leer un capítulo de la regla, tratar los asuntos del monasterio, votar la elección de los distintos cargos y también rezar.

San Benito, monje italiano, nacido en Nursia (450-543): Fundó un monasterio en Monte Casino y dictó una regla para el gobierno y el progreso espiritual de los monjes. A esa regla se atuvieron los monjes de la mayor parte de los monasterios durante la Edad Media.

San Isidoro, obispo de Sevilla (570-636): Fue uno de los escritores más eminentes de su tiempo y un eficaz compilador de la antigua cultura en sus *Etimologías*, una enciclopedia del saber de su época. Entre otras muchas obras también escribió una regla de vida para los monjes.

Santa María de Ripoll: Monasterio masculino fundado por el conde Guifré en el año 873 y donde fue enterrado a su muerte, en el año 897. Fue el más célebre monasterio de la época, con una biblioteca que llegó a poseer en tiempos del abad Oliba 246 volúmenes. Su influencia en la cultura de la época y en la transmisión del saber es incalculable.

Sidi Sifr (Señor del Cero): Apodo que le daban a José sus compañeros por su facilidad para el cálculo.

Témporas: Semana de oración y ayuno al comienzo de cada una de las estaciones del año.

"Un collar se rompió...": Problema de aritmética hindú, redactado en forma de poema. Los hindúes amaban la poesía. Las tablas numéricas, los tratados astronómicos o matemáticos, así como las obras teológicas o literarias nos han llegado en verso en su mayor parte.

Vísperas, maitines, laudes, tercia: Las horas señaladas para el rezo de los monjes. En total son maitines, laudes, tercia, sexta, nona, vísperas y completas.

Viven de la gracia y benignidad del Califa: El Califa, autoridad suprema religiosa y política, era el que dictaba las leyes de tolerancia religiosa.

Índice

María Isabel Molina

Nació en Madrid, España. Es perito mercantil. Con el libro *De Victoria para Alejandro* obtuvo el Premio Doncel, el Ciudad de Trento y otros más. Uno de sus títulos está incluido en la Lista de Honor del IBBY.

Aquí acaba este libro
escrito, ilustrado, diseñado, editado, impreso
por personas que aman los libros.
Aquí acaba este libro que tú has leído,
el libro que ya eres.